I0686782

LA POÉSIE

ET

LES PRINCIPAUX POÈTES

DISCOURS DE RÉCEPTION

Lu à l'Académie Delphinale dans la séance du 10 février 1865

PAR

Ch. VERTRAY

CHEF D'ESCADRON D'ÉTAT-MAJOR

MEMBRE DE PLUSIEURS SOCIÉTÉS SAVANTES

GRENOBLE

IMPRIMERIE DE PRUDHOMME, RUE LAFAYETTE, 14

1865

Y

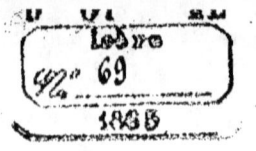

LA POÉSIE,

LES PRINCIPAUX POÈTES

ET LEUR INFLUENCE

SUR LES SOCIÉTÉS DANS LES DIFFÉRENTS AGES

C.

LA POÉSIE,

LES PRINCIPAUX POÈTES

ET LEUR INFLUENCE

SUR LES SOCIÉTÉS DANS LES DIFFÉRENTS AGES

DISCOURS DE RÉCEPTION

Lu à l'Académie Delphinale dans la séance du 10 février 1865

PAR

Ch. VERTRAY

CHEF D'ESCADRON D'ÉTAT-MAJOR

Nommé membre de cette Académie le 27 janvier 1865
En remplacement de M. Vital-Berthin, décédé

GRENOBLE

IMPRIMERIE DE PRUDHOMME, RUE LAFAYETTE, 14

1865

PRÉFACE

Si j'offre ce discours à la publicité, c'est que je crois son but utile.

Tout ce qui détruit un préjugé ou propage une vérité doit être connu.

Le préjugé que je veux détruire, trop répandu même dans les classes éclairées de la société, se résume ainsi :

« Le poète n'est pas un homme pratique, la poésie » est le superflu de la littérature. »

La vérité que je tiens à propager, est celle-ci :

« Le poète est l'homme qui, dans la société, soutient » les grands principes du bien, et, dans la littérature, » conserve et perpétue les règles imprescriptibles du » beau. »

Je suis du petit nombre des élus auxquels les beaux vers font éprouver une vive émotion, et je considère le poète comme un être à part, doué d'une organisation spéciale et d'une vocation providentielle.

Il est vrai qu'il ne suffit pas de faire des vers pour mériter le titre de poète et prétendre à une mission exceptionnelle. Un versificateur, *s'il n'a reçu du ciel l'influence secrète,* comme dit Boileau, n'est jamais qu'un versificateur; la versification est une langue qui s'apprend, la création ne s'apprend pas.

Pour être poète, il faut du génie; or le génie a sa destination marquée dans le monde, son but, sa raison d'être.

C'est pourquoi le grand poète n'apparaît que de loin en loin, et ses écrits ont leur signification spéciale, font époque, et jalonnent l'histoire des peuples.

C'est pourquoi leurs œuvres sont transmises d'âge en âge, religieusement conservées et enseignées à la jeunesse pour l'instruire et la moraliser.

Le discours qu'une Académie d'hommes de goût et d'élite, remarquables par leur bienveillance autant que par leur profonde érudition et leurs travaux, m'a permis de prononcer dans la langue de Racine et de Lamartine, n'a pas d'autre but que de prouver combien est légitime l'influence que les poètes ont exercée sur la société dans les différents âges.

Puissé-je avoir atteint mon but.

Grenoble, le 25 juillet 1865.

CH. VERTRAY.

SONNET

Victor Hugo, Méry, Barbier, de Lamartine,
Où donc sont-ils ces jours où sous chaque courtine
De toile ou de velours, on voyait des élus
S'endormir doucement près de vos livres lus?

Aujourd'hui les calculs abstraits de la tontine,
L'ambition, l'amour à la lèvre mutine,
Ont fermé leur oreille.... On ne vous entend plus,
L'esprit est languissant et les cœurs sont perclus.

Echelle de Jacob, divine Poésie
Qui, protégeant la terre, avec le ciel la lie,
Ils voudraient t'éloigner de leurs yeux mécontents.

Incrédules! voyez ce qu'ont fait les poètes,
Et si le repentir ne courbe point vos têtes,
C'est que l'ingratitude est un signe du temps.

> Tant que l'homme ne mourra pas lui-même, la plus belle faculté de l'homme peut-elle mourir ? Qu'est-ce en effet que la poésie ? C'est l'incarnation de ce que l'homme a de plus intime dans le cœur, de plus divin dans la pensée.
>
> LAMARTINE (Des Destinées de la Poésie).

Ainsi qu'un doux parfum trahit la violette
Qui, modeste, se cache et, se croyant seulette,
Ouvre en l'abri touffu de son domaine vert
Son pétale embaumé par le gazon couvert ;
Ainsi l'aimable encens de votre courtoisie,
S'exhalant en secret vers l'humble poésie,
Trahit votre désir, charmant et gracieux,
De m'entendre parler le langage des dieux [1] ;
Mais le rhythme chéri des maîtres du Parnasse
Viendra-t-il seconder mon imprudente audace ?
Saura-t-il se prêter à ce premier discours
Que j'adresse au savoir toujours calme en son cours ?
J'en doute, et je devrais me résoudre au silence ;
Pour vous plaire, en effet, il faut de l'éloquence,

Et les vers, ces soldats alignés au cordeau,
Ne sont pour l'orateur qu'un pénible fardeau ;
Ils entravent l'essor, limitent la pensée,
Et l'oreille entend trop leur marche cadencée ;
Leur langage souvent offre un accent trompeur,
L'hémistiche l'endort dans sa lourde torpeur.
Mais vous excuserez mon humble insuffisance,
Vous saurez m'appuyer de votre bienveillance,
Car, si je me permets de discourir en vers,
C'est que l'amour du bien ne craint pas les revers.
Je suis poète ; hé bien ! pardonnez au poète,
Des plus doux sentiments il sera l'interprète ;
Et puisque de son cœur il vous donne une part,
En faveur du sujet souriez à son art.

Au milieu des regrets, des cruelles alarmes
Que l'existence humaine arrose de ses larmes,
Il est des jours sacrés où le pur souvenir
De l'ami qui n'est plus jalonne l'avenir,
Lui prouve qu'en ce monde il a laissé la trace
De son esprit fécond qui respire à sa place,
De sa voix éloquente, et des trésors humains
Lentement préparés par sa tête et ses mains ;
Qu'enfin de ses vertus la mémoire fidèle,
Malgré le temps jaloux, est vivante, éternelle.
Dans ces jours solennels, on va sous les cyprès
Promener ses chagrins, et l'on revient après

Poursuivre le chemin ardu de l'existence,
Qui nous conduit au ciel à force de constance.

Mais il est un moment où l'œil verse des pleurs,
Où l'on se sent brisé par l'excès des douleurs,
C'est quand, près du foyer, l'affection avide
De l'ami qui n'est plus trouve la place vide :
Où donc est-il celui qui l'occupait hier,
Celui dont ton amour était justement fier?
Il est mort!.... mais soudain, dans ton âme glacée,
Vibre le doux accord des chants de sa pensée :
« Je vis, dit-il, je vis, je suis auprès de toi,
» Mon corps seul s'est courbé sous la commune loi,
» Mon esprit de tes sens est demeuré le maître!
» Je ne t'ai point quitté, je suis mort pour renaître. »
Vaucanson et Bayart ne sont-ils pas vivants
Dans le cœur des guerriers, au milieu des savants?
Dirait-on aux Français que Racine ou Molière,
Quand nous les écoutons, ne sont plus que poussière?
Comme aux champs de l'espace un diaphane azur
Fait resplendir l'étoile à l'horizon plus pur,
Le souvenir sacré fait briller la mémoire ;
Et c'est ainsi, Messieurs, que se fonde la gloire!

Je m'arrête un instant, car vous m'avez compris ;
Le pleur du souvenir perle à vos yeux surpris.
Auprès de moi je vois une place vacante,
Au foyer du savoir, noble, sainte, éloquente!

Et malgré les rigueurs d'un trop cruel destin,
Une âme y siége encor ! Salut ! **Vital-Berthin !**
Salut ! de ton soleil l'aurore est éternelle,
Pour l'art et la bonté la mort est toujours belle,
Car l'homme se confond dans la divinité
Quand il lègue un nom pur à la postérité.
Vous qui subordonnez l'esprit à la matière,
Calculateurs du jour, fils de Plutus, arrière !
Apôtres du plaisir, vous mourez en vivant,
Apôtres du travail, nous vivons en mourant !...
Ah ! permettez-moi donc l'orgueil involontaire
Qui fait battre mon cœur au seuil du sanctuaire
Où nous honorons tous, du fond de notre cœur,
Les progrès du travail ennemi de l'erreur.
Vous m'avez appelé dans la milice insigne
Qui pour arme a la plume et le bien pour consigne.
Merci ; j'en suis superbe, et je veux mériter
La place que **Vital** vient, hélas ! de quitter.

Mais la lyre est rêveuse, elle n'est pas savante ;
Je le sens, et déjà mon âme s'épouvante ;
Je vois avec terreur mon incapacité ;
Mon esprit est frappé de sa stérilité !....
De mes graves devoirs prévoyant l'importance,
Je ris de mon orgueil, je maudis ma jactance.
Que faire? En qui trouver assistance et concours?
Poètes, mes aînés ! venez à mon secours.

Que ce jour soit pour vous un nouveau jour de fête;
Un instant d'un laurier ceignez aussi ma tête,
Et qu'en vous invoquant, je mérite aujourd'hui
Le reflet des rayons dont votre front a lui.

O vous, de tout savoir laborieux apôtres,
Rappeler les grands noms, c'est honorer les vôtres;
Vous écouterez donc avec bonté mes vers,
Je parle de cet être, amant de l'univers,
Qui, dans l'amour du beau concentrant son essence,
Moins utile que vous, hommes de la science,
Va glaner en tous lieux les fleurs du souvenir
Pour orner vos travaux qui fondent l'avenir !

Je vais vous raconter l'histoire du poète,
Des sentiments divins dont il fut le prophète,
Des germes qu'il sema de sa puissante main,
Et du bien que son art sut faire au genre humain;
Car, s'il a célébré les astres et l'ombrage,
Le ruisseau qui murmure au milieu du bocage,
Et ces futilités qui caressent le cœur,
Souvent il fut paré des lauriers du vainqueur.
Fort par l'expérience autant qu'un patriarche,
Des vertus et du goût il a conservé l'arche,
Et nous apprenant l'art de la bien diriger,
Il l'a conduite au port qui doit la protéger.

L'antiquité chantait, harmonieuse et belle ;
Les vers étaient aimés et vénérés par elle ;
Ils semblaient si puissants, les poètes d'alors,
Qu'on les nommait *devins :* nous gardons leurs trésors,
Et, juge souverain, le temps, dans sa carrière,
Les fait d'autant plus grands qu'ils sont plus en arrière.
L'esprit, en son berceau, s'allaita de leur art ;
De leurs enseignements chaque siècle eut sa part ;
Le poète a porté dans les pays sauvages
Les trésors et les lois des fortunés rivages.
Orphée [2] aux champs de Thrace est colonisateur,
De la férocité doux civilisateur ;
Les pierres se fendaient à ses accents suaves,
Les tigres, de sa main recevaient des entraves,
Mais il mourut brisé, son corps mis en lambeaux
Par la haine jalouse, obstacle aux purs travaux.
L'architecte **Amphion** [3], le moraliste **Esope** [4],
Enseignent les vertus à notre vieille Europe.
Homère [5] est le premier, l'illustre professeur
Du grand art des combats, cruel, mais défenseur.

Tout se résume, enfin, aux premiers temps du monde,
Dans les chants cadencés où le précepte abonde,
Et les doux sentiments, repos de la raison,
Ces frais échos du cœur, charmes de la maison,
Dont la corruption hypocrite est avare,
Ont leurs chantres divins : **Anacréon** [6], **Pindare** [7] !

Pardonnez au premier d'être voluptueux,
Le plaisir que l'on chante est toujours vertueux.
Sparte, se ranimant à la voix de **Tyrtée** [8],
Reconduit au combat sa jeunesse irritée,
Et des Messéniens bravant l'âpre fureur,
Rachète en triomphant sa honte et sa douleur.

Sapho [9], dans ses accents, enivre, confond l'âme,
Aux splendeurs du Parnasse elle élève la femme ;
Mais de sa fin cruelle instruisant l'avenir,
Elle laisse en conseil un amer souvenir !
La femme, en s'éloignant des soins de la famille,
Peut briller un instant, mais comme un éclair brille ;
La foudre est à ses flancs, la mort est dans son cœur,
Elle se brûle enfin avec sa propre ardeur.
Le champ de votre esprit est trop fertile en larmes,
Vierges, quittez la lyre et conservez vos charmes.

Euripide et **Sophocle**, au milieu des bravos,
Font parler dans leurs vers un peuple de héros
Et revivre à nos sens, sur les scènes publiques,
Les grandeurs ou l'horreur de ces temps héroïques.
Théocrite amortit les sauvages ardeurs
Des fiers Siciliens convertis en pasteurs.

Aux poètes sacrés comment rendrai-je hommage ?
Pour célébrer leurs chants, il faut le cœur d'un Sage ;

Jérémie et **David** ont encor, de nos jours,
Des voix pour les douleurs, des pleurs pour les amours:
Oui, nous les retrouvons à ce moment suprême
Où le cœur déchiré renonce à ce qu'il aime
Et, reposant en Dieu toute félicité,
Souffre, silencieux, un mal immérité.

Je m'arrête un instant au seuil des premiers âges :
Ne remarquez-vous pas au sein de leurs orages,
Combien la poésie a construit de faisceaux?
Ainsi que le chrétien sous les sacrés arceaux
Va chercher la grandeur de celui qui l'inspire,
Dans l'antique Hélicon nous retrempons la lyre,
Empruntant la sagesse et la fertilité
Des poètes divins, fils de l'antiquité.

Horace [10] élève l'âme, et sa muse critique
A l'inspiration ouvre l'art poétique.
Virgile [11] applique, enfin, le chant majestueux
Au fort enseignement des arts industrieux;
Le plus pur des auteurs de la langue latine,
Noble, doux et fécond, merveilleux de doctrine,
Il se sert d'un talent qui plaît à l'Empereur
Pour lui montrer où doit se porter sa faveur.
Les champs sont trop déserts, il leur faut la culture,
Virgile arrive au but en chantant la Nature.

Ainsi doit le poète employer ses efforts,
A relever le faible, à modérer les forts.

Je franchis d'un seul bond cette époque barbare
Où l'Occident, brisé, dans le chaos s'égare,
Où tout, gloire, progrès, civilisation,
Disparaît englouti dans l'agitation;
Où vingt peuples divers, ardents à la curée,
Par leur âpre fureur de vengeance altérée,
Prouvent, en ravageant l'Occident consterné,
Que l'excès de l'orgueil est par Dieu condamné!

Au milieu des horreurs de ces mille conquêtes,
De ces invasions, où donc sont les poètes?
Se cachent-ils?... Non, non; ils vont au pied des tours
Chanter le lai plaintif des pauvres troubadours,
Ou, dans les cloîtres saints, mystérieuses tombes,
Pour les auteurs sauvés, chercher des catacombes;
Puis, tout à coup, du sein tumultueux des camps,
Se dressant immortels, ils font vibrer leurs chants.

Dante[11], inspiré, confond aux rayons de sa gloire
Le Connu, l'Idéal, la Fable avec l'Histoire,
Et du sépulcre froid exhumant les pervers,
Les montre avec leur crime au milieu des enfers.
Chaque nudité passe aux tribunaux funèbres....
On compte en frémissant les criminels célèbres,

2

Pour applaudir, enfin, au-dessus du chaos,
La Trinité splendide et le chœur des héros.

Alors, comme un feu pur qu'allume une étincelle,
En tous lieux l'harmonie en doux accords ruisselle;
La lyre d'**Arioste**[13] illustre tour à tour
Et l'amour de l'honneur et l'honneur de l'amour;
Puis, du fier Rodomont écrasant la jactance,
Prouve que le courage est fils de la constance.
Le bon Clément **Marot**[14], sur le monde agité,
Du vieil esprit gaulois fait briller la gaîté,
Et soldat généreux, dans les champs de Pavie,
Près du roi-chevalier il expose sa vie.

Mais au val de Vaucluse, éloigné des combats,
Un poète charmant entraîne enfin mes pas.
Ah! je sens que mon cœur veut arrêter ma barque
Dans ce port de l'amour illustré par **Pétrarque**[15];
Les siècles corrompus ont besoin quelquefois
D'ouïr la chasteté, de comprendre sa voix;
Il fut donc bienvenu ce poète pudique
Au milieu de son temps à l'allure cynique;
L'amour est un feu pur, Pétrarque l'a compris
Et le montre subtil à nos regards surpris,
Eclairant son esprit, sa carrière et son âme.
Laure! où peut-on trouver comme vous une femme
Capable d'absorber pendant d'aussi longs jours
Le génie et l'honneur concentrés dans leur cours?

Minerve, en s'échappant du ciel mythologique,
A Vaucluse apporta sa royauté magique ;
Et le nouveau Pâris, à sa chaste beauté,
Donna la pomme d'or de l'amour mérité.
Puisse par cet exemple, hélas ! toujours trop rare,
L'homme, enfin, devenir de son cœur plus avare,
Ne livrer ses élans qu'aux anges féminins
Dont la vertu résiste aux caprices humains,
Dont le regard protége et dont l'amour honore.
Et vous, filles des sens..., imitez aussi Laure ;
Et dans nos cœurs charmés nous verrons revenir
Le calme du présent, l'espoir de l'avenir.

Milton [16], qui du soleil n'aperçoit plus la flamme,
De célestes clartés illumine son âme,
Et des secrets divins perçant l'obscurité,
Montre à l'homme éperdu son immortalité !
Cette intuition pure, ineffable, immense,
Que produit la vertu, fruit de l'obéissance,
Chez bien des malheureux, hélas ! ne vient que tard ;
Pour eux, l'âme est un souffle, et Dieu c'est le hasard !
Au fond d'un cabanon, **Tasse** [17], l'âme éplorée,
Concentre une existence humble et décolorée ;
Fou par ses souvenirs moins que par les mépris,
Il sourit à la mort et l'appelle à grands cris.
De l'envieux jaloux victime expiatoire,
Il mourut en laissant une immortelle histoire !

Salut, noble héros, fils de la vérité,
Rome garde ta cendre à la postérité !
Ton existence prouve, ainsi que tes poèmes,
Que nous n'avons ici d'amis sûrs que nous-mêmes,
Et que si beau que soit du pauvre le talent,
Il passe inaperçu, ne marche qu'à pas lent,
Jusqu'à l'instant fatal où la gloire éternelle
Illumine sa tombe et l'avenir l'appelle !

Camoëns, grand poète et patriote ardent,
Illustre son pays et meurt en mendiant,
Consacrant à Lisbonne et son glaive et sa plume :
Il affrontait la mort pour sauver un volume !
La Lusiade vit..., Camoëns dut mourir
Sans qu'un cœur généreux ne vînt le secourir.
Existence à la fois glorieuse et flétrie,
Il mourut dédaigné, mais chanta sa patrie !

Cervantès peint les mœurs en les parodiant,
Contre les préjugés il se pose en riant :
Don Quichotte renverse avec sa vieille lance
Du château féodal l'orgueilleuse insolence,
Et plus d'un vieux baron, jadis ambitieux,
A l'aspect de Sancho, tremble et ferme les yeux.

Majestueux **Corneille**, harmonieux **Racine**,
Melpomène a remis en vos mains sa doctrine;

Vos fiers enseignements , aussi grands que vos vers,
Ont depuis vous instruit , charmé tout l'univers;
Vous nous faites aimer les vertus et la gloire.
Admirer les héros et comprendre l'histoire.
Des poètes ainsi le but est accompli !...

Malgré le sans-façon dont ton vers est rempli ,
Salut, toi qui courbas la suffisance altière,
Moraliste profond , comique heureux , **Molière** !
Par ton sarcasme fin , Tartuffe est démasqué ,
Arpagon meurt de honte et Jourdain est piqué.
Quitte un instant le ciel , peintre de la nature;
Notre siècle n'est pas innocent d'imposture ,
Viens avec ton sarcloir au milieu des chemins ,
Tu trouveras encor tous les défauts humains :
L'avare est toujours là pour dépouiller le monde ,
Et l'avide , âpre au gain , et le voleur immonde ,
Et le prétentieux , et le sot parvenu ,
Et Géronte et Dandin : on les voit à l'œil nu !
. . . .
Roi charmant de la Fable , à la noble couronne.
Qui de sujets heureux en riant s'environne.
Lafontaine, d'une urne aux reflets chatoyants,
Fait jaillir l'onde claire où boivent les enfants;
Notre âge y puise encore, et la chaste innocence
Baigne dans ses flots purs sa jeune intelligence.
Maître ! reçois ici l'hommage de mon cœur;
Instruis notre faiblesse et du temps sois vainqueur.

Shakspeare [18] au peuple anglais, dans un sombre langage,
Dit les cruels récits, l'horreur du moyen âge ;
Dryden [19] polit sa langue, en détruit l'âpreté ;
Pope traduit **Homère** et l'égale en beauté.
Jean-Baptiste **Rousseau** fait reparaître l'ode ;
Boileau [20] le Didactique aux vers formule un Code,
Tandis que **Goldoni**, l'heureux observateur,
De la scène italique est le rénovateur.....

Je me hâte, Messieurs ; ma muse est établie
Sur un ardent trépied où plus d'un nom s'oublie ;
Mais au récit rapide il faut bien pardonner
Tous les noms glorieux qu'il doit abandonner.

Voltaire, à l'œil perçant, à la vive satire,
Sait chanter un bon roi, prier avec Zaïre,
Et dit, entrevoyant le besoin de la foi,
« Si je me suis trompé, c'est en cherchant ta loi. »
Pourquoi faut-il, mon Dieu ! qu'un si puissant génie
N'ait reconnu ta main qu'au seuil de l'agonie ?
Lui-même aurait prouvé que le pouvoir humain,
Quand il brave le ciel, se trompe de chemin.
Cependant les efforts de la libre pensée
N'ont pas eu pour objet une ardeur insensée,
L'esprit s'est redressé dans un robuste effort,
Et sous son examen le fanatisme est mort.

Puis, le monde applaudit l'immortel **Métastase**[21],
Sophocle italien qui ravit à l'extase ;
L'ardent **Alfieri**[22], promenant son essor
Au travers de l'histoire avec des ailes d'or ;
Agamemnon, Saül, Brutus et Virginie,
Sortent de leur sépulcre à l'aspect du génie ;
La fille des Stuarts brave l'adversité,
Antigone renaît avec la charité.
Klopstock, dans les regrets d'une perte cruelle,
Ecrit sa Messiade, œuvre énergique et belle ;
On dirait que le corps, en s'abreuvant de fiel,
A l'esprit détaché laisse entrevoir le ciel ;
Tasse, Milton, Klopstock, Dante, Corneille, Homère,
Racine et Camoëns, tous fils de la misère,
Dans l'immortalité de leurs conceptions
Puisaient le seul remède à leurs afflictions.

Pour ma part j'ai vidé la coupe d'amertume
Dont le poison mortel lentement nous consume ;
Hé bien, je n'ai jamais arraché de mon cœur
Plus d'inspirations qu'aux jours de la douleur !
Ah ! c'est que la douleur sait épurer notre âme,
Comme le fer s'épure en passant par la flamme,
Et perd dans la fournaise et sous le lourd marteau
Son élément grossier, pour en sortir plus beau.

J'arrive à notre époque ; elle est riche et féconde ;
La Révolution vient d'ébranler le monde ;

La forme va changer ; les sujets généreux
Coulent à flots pressés des esprits vigoureux.
Gœthe [33] et **Schiller** [34], aux bords que le Danube arrose,
Au fier peuple allemand font une apothéose ;
A leurs ardents récits, l'imagination
Voit grandir à la fois poètes, nation.

Casimir **Delavigne** à la brillante strophe,
De Waterloo dépeint l'horrible catastrophe,
Et l'éloquente voix des trois guerrières sœurs,
A plus d'un vieux soldat sait arracher des pleurs.
C'est de l'histoire aussi que ses Messéniennes,
Légendes de la gloire et légendes chrétiennes !
L'amour de la patrie et de la vérité
Parlent dans ses beaux vers avec sincérité ;
La lyre du talent réchauffe la pensée.....
« Salut ! ton règne expire et ta gloire est passée. »

Hugo chantant l'Hellène ivre de liberté
Donne aux vers moins de fard avec plus de fierté ;
Respectons le nouveau lorsque le goût l'excuse,
Aimons l'indépendance, il en faut pour la muse.

Béranger [35]! près de toi je voudrais m'arrêter,
Et pouvoir dignement ici t'interpréter.
Tu connus ton pays, sa gloire te fut chère ;
La France, tu l'aimas comme une tendre mère ;

En appliquant un baume à son flanc tout meurtri,
Tu retrempas son cœur par la douleur flétri.
Chansonnier populaire et poète suave,
Le siècle a pu te voir, modeste autant que brave,
Célébrant les revers, l'ombre, le souvenir;
Ta lèvre en souriant préparait l'avenir,
Et lorsque tout à coup ton luth patriotique,
Couvert par le succès, fut admis au portique
Où chacun brigue un poste... en antique héros
Tu refusas l'honneur..., tu brignas le repos.

Pour toi c'était prudence et noble modestie,
Ton âme au tribunat se serait pervertie !
Que le poète chante, il garde sa grandeur,
Son esprit aux débats obscurcit sa splendeur.
Que deviennent alors ses palmes immortelles ?
Sur la chaise curule il faut plier ses ailes;
Ah ! pour l'amour de l'art et pour sa dignité,
Un poète ne doit pas être discuté.
De la confusion peut naître le génie,
Mais le recueillement convient à l'harmonie ;
Hélas ! le peuple élève et brise tour à tour ;
A la lyre épargnons ces caprices d'un jour.

Legouvé nous rappelle au culte de la femme,
Il attendrit le cœur, il fait soupirer l'âme ;
Bénissons sa mémoire. Au milieu du plaisir,
Ne faisons pas sombrer la barque du désir,

Et que chacun de nous dans sa course éphémère
« Tombe aux pieds de ce sexe auquel il doit sa mère ! »

Millevoye, oh ! permets un triste souvenir,
Toi que la mort surprit au seuil de l'avenir.
Musset[26] l'ardent conteur, le tendre **Lamartine**,
N'ont-ils pas en nos cœurs laissé quelque doctrine,
L'un, l'horreur du méchant, l'autre, l'amour de Dieu,
Double grand sentiment qui nous suit en tout lieu?
Leurs vers sont pour le cœur une douce ambroisie :
Tout en eux fait comprendre, aimer la poésie !
Et **Méry**, ce poète au merveilleux essor,
Qui du Caire à Memnon, de Memphis au Thabor,
Promène dans les champs de l'antique Idumée,
Sous un astre de feu, notre invincible armée !

Ponsard... Mais où m'emporte une imprudente ardeur?
Indigne du sujet, je comprends sa grandeur ;
Je me tais à regret ; oui, la verve m'inspire,
Hélas ! du dieu des vers que n'ai-je ici la lyre,
Pour vous faire oublier que je suis indiscret !
De ma faiblesse, enfin ! j'ai trahi le secret,
Et, parlant des héros de la littérature,
Je me sens écrasé sous leur noble stature ;
Ma voix n'est qu'un écho, faible, mais généreux,
Poètes, pardonnez, si je n'ai pas dit mieux !...

Et vous, soyez bénis, vous dont la main amie
Me soutient sur le seuil de cette Académie !
Parmi vous, je connais un enfant d'Apollon
Qui soupirait jadis dans le sacré vallon.
Il disait tristement, essuyant ses paupières[17] :
« L'amour a des chagrins, la gloire a des misères. —
» Oh ! le monde ! le monde ! enfant, le sais-tu bien,
» Ce que c'est que ce triste et méprisable rien ? »
Puis il a chanté Dieu, le foyer, la patrie,
Chénier décapité, la liberté flétrie ;
Tour à tour énergique ou rempli de douceur,
Il enseigna son art en savant professeur.
Et vous, Messieurs, et vous, n'êtes-vous pas poètes?
Qui vous fait préférer l'âpre travail aux fêtes?
C'est le culte du beau, culte contemplatif,
Immortel superflu d'un siècle positif....
Le temps marche toujours et sa faulx sur le sable
Renverse à chaque instant l'élément périssable ;
Mais architecte aussi, du milieu des débris
Sa main, libre, au travail élève des abris,
Monuments du progrès où la gloire est empreinte,
Où l'âme humaine vit grande, imposante et sainte,
Où l'œil est plus perçant, où le cœur est plus fier,
Où l'esprit aujourd'hui se sent plus fort qu'hier.
Il garde les travaux des savants, des poètes,
De l'esprit des humains éternelles conquêtes ;
Et celui qui succombe après de longs efforts,
Dans la postérité vit au milieu des morts.

Portiques du savoir ou splendides musées,
L'art, l'esprit, la science, ont leurs Champs-Elysées
Où l'on voit discourir le Dante avec Milton,
David et Phidias, Leibnitz avec Platon ;
Et tous formant le cœur, élevant la pensée
Par leur vive influence en rayons condensée,
Ramènent l'homme à Dieu, consolent la vertu,
Victorieuse après avoir tant combattu !

Quand on vit comme l'aigle au milieu des orages,
Qu'on cherche la lumière au-dessus des nuages,
Sans profit pour soi-même et sans être admiré,
N'est-il pas vrai, Messieurs, qu'il faut être inspiré?

Eût-il été plus sûr, plus logique, plus sage,
D'employer dans ce but un plus simple langage?
Non, car vous savez tous qu'en un sujet profond,
La forme est un habit qui fait aimer le fond.
Sur tout ce qui nous plaît, nous émeut, nous éclaire,
Le poète a fondé son œuvre séculaire ;
Il y travaille encore et Dieu la fait grandir,
Comme l'astre naissant que l'on voit resplendir
Pour féconder le monde, éclairer la nature,
Mûrir les éléments de notre nourriture.
Quand chacun fait pour soi, lui travaille pour tous,
Et, pour cela souvent, sage au milieu des fous,

Il prend à bras-le-corps le matérialisme,
Il lutte avec succès contre le scepticisme,
Et guettant les erreurs comme un soldat vaillant,
Il réveille la foi par son cri vigilant.
C'est ce que j'ai cherché dans le modeste ouvrage
Qui me place aujourd'hui dans votre aréopage.
De la Simple Morale il est la douce voix;
Il parle de vertus, de sentiments, de lois;
Il ramène au terrain où grandit notre enfance,
Soutient l'âge viril, guide l'adolescence.
Ainsi, dans mes travaux, comme un brave lutteur,
Je défendrai du bien l'esprit propagateur.

O poètes, parlez aux passions humaines,
Dirigez leurs efforts vers des routes certaines;
Car le monde égaré, cherchant la vérité,
Doute et souffre au milieu de sa perplexité;
En voulant la briser, l'homme a rivé sa chaîne.
L'ardeur de posséder le possède et l'entraîne,
Il glisse sur le plan du bien matériel,
Et, maître de la terre, il dédaigne le ciel.
Fuyez l'ardent transport des luttes politiques,
Laissez les fiers tribuns, sur les scènes publiques,
Discuter d'intérêts, hélas! trop passagers,
D'éternelles vertus soyez les messagers;
Modérez les désirs, calmez l'impatience,
Aux cœurs déconcertés ramenez l'espérance;

A ce prix, vous verrez votre succès grandir,
Dieu bénir vos efforts et le monde applaudir.

J'ai dit..., vous souriez ! pardonnez à la muse
Dont le cœur est trop plein et dont l'esprit s'abuse ;
Si j'atteignais le but auquel j'ose aspirer,
Il ne me resterait plus rien à désirer ;
J'ai voulu par mes vers payer ma bienvenue,
Fêter votre bonté qui m'est déjà connue,
Et gagner l'intérêt que j'aurai mérité
Par ma seule vertu..., la bonne volonté !

Mais que ne puis-je faire, animé par l'exemple ?
De l'érudition je vois ici le temple ;
J'y viendrai bien souvent, parmi les auditeurs,
Plein de recueillement admirer les docteurs,
Et si vous me jugez digne de tant de gloire,
De ce beau Dauphiné, me rappelant l'histoire,
Je tâcherai, Messieurs, de chanter dans mes vers
Quelque grand souvenir des lieux qui vous sont chers.

NOTES ET ÉCLAIRCISSEMENTS

NOTES

ET ÉCLAIRCISSEMENTS*

---

[1] *De m'entendre parler le langage des dieux.* — Fénélon, dans sa lettre à M. Dacier, secrétaire perpétuel de l'Académie française, relativement aux travaux de cette Compagnie savante, disait, à propos de la poésie :

« La parole animée par les vives images, par les grandes figures, par le transport des passions et par le charme de l'harmonie, fut nommée *le langage des dieux.* Les peuples les plus barbares n'y ont pas été insensibles. Autant on doit mépriser les mauvais poètes, autant doit-on admirer et chérir celui qui emploie la poésie en faveur de la sagesse, de la vertu et de la religion. »

[2] ORPHÉE.

Orphée vivait environ 1300 ans avant J.-C. — La mythologie grecque lui donnait Apollon pour père et Calliope ou Clio pour mère. — On connaît les fables dont il fut le héros : il domptait les bêtes

---

* J'ai cru devoir, dans l'intérêt de l'intelligence de mon Discours en vers, l'accompagner des notices biographiques suivantes qui, quoique très-élémentaires, seront, je l'espère, bienvenues de la majorité de mes lecteurs et surtout des Dames, auxquelles il faut toujours penser.

3

féroces, arrêtait le cours des fleuves, arrachait des larmes d'attendrissement aux rochers, et séduisait Pluton par les accords de sa lyre. — Tout cela n'est qu'allégorique. Orphée, grand poète et grand colonisateur, civilisa la Thrace et la Grèce ; — il enseigna l'agriculture, et l'on possède encore des ouvrages qui prouvent que les sciences physiques lui étaient connues, comme le *Traité des vertus magiques des pierres*. Néanmoins, on est d'accord aujourd'hui pour attribuer ce qu'on publie sous le nom de *Poèmes Orphiques* aux savants de l'école d'Alexandrie.

AMPHION.

Amphion qui, dit la Fable, élevait les murs de Thèbes au son de sa lyre, vécut vers la même époque.

> Dictus et Amphion Thebanæ conditor urbis,
> Saxa movere sono testudinis et prece blanda
> Ducere quo vellet.....

Ces allégories prouvent que les premiers législateurs furent des poètes et des musiciens, et que le langage, harmonieusement rhythmé, fut le premier levier de la civilisation des peuples.

ESOPE.

Esope naquit en Phrygie environ 600 ans avant J.-C. Il mourut vers 550. Il était esclave à Athènes : disgracieux, bossu, mais très-spirituel, son génie pour l'apologue lui concilia l'estime de ses maîtres, qui l'affranchirent. Il plut à Crésus, roi de Lidie, qui l'attacha à sa Cour et l'envoya en Grèce avec une mission. — C'est alors que l'esclave, le bossu, l'histrion jadis humilié, eut l'honneur d'assister au banquet des sept sages : *Solon, Bias, Chilon, Cléobule, Pittacus, Périandre* et *Thalès*.

Mais son esprit mordant n'eut pas le même effet sur les Desphiens que sur les Athéniens, auxquels il avait fait oublier la tyrannie de Pisistrate, par sa fable *des Grenouilles qui demandent un roi*.

Les Delphiens le précipitèrent du haut d'un rocher, en l'accusant d'avoir volé une coupe d'or dans un temple.

Son influence. — Tout le monde connaît les fables d'Esope.

C'est le Code de morale du monde entier. Il y a vingt-cinq siècles que les hommes les citent et les admirent.

Esope n'était point versificateur, et ce qui nous a été transmis en vers sous le nom d'Esope a été reconnu être l'œuvre de Planude, moine grec du IIe siècle.

HOMÈRE.

Homère vivait dix siècles avant J.-C. Sept villes se disputent l'honneur de lui avoir donné le jour; ce sont : *Smyrne, Colophon, Argos, Athènes, Chio, Rhodes* et *Salamine.*

La tradition veut qu'il ait vécu en vagabond, allant de ville en ville et de pays en pays récitant ses immortels chefs-d'œuvre. Tout le monde s'accorde à le dépeindre comme un pauvre barde atteint de cécité, et la statuaire grecque l'a représenté de la même manière. — Quoi qu'il en soit, l'Iliade et l'Odyssée sont et seront toujours, qu'on les attribue aux rapsodes ou au seul génie d'Homère, les plus splendides œuvres du génie humain.

Le célèbre Aristarque eut la gloire de diviser l'Iliade en vingt-quatre chants, et d'en donner une critique judicieuse qui a rendu son nom immortel.

Homère est le premier qui ait compris que la passion devait accompagner la vérité dans la poésie, et ses observations stratégiques, ses combats de héros, sont entremêlés d'épisodes tendres et touchants.

Il est, dit-on, l'auteur du poëme allégorique *la Batrachomiomachie,* — qui n'ajouterait rien à sa gloire et me semble différer de son génie. — Voyez plutôt; c'est le roi des grenouilles qui parle au rat :

Εἰμὶ δ'ἐγὼ βασιλεὺς φυσίγναθος, ὅς κατὰ λίμνην
Τιμῶμαι, βατράχων ἡγούμενος ἤματα παντά·
Καί με πατὴρ Πηλεὺς ποτε γείνατο......

(C'est moi qui suis le roi Gonfle-Joue, vénéré sur le marais, et qui gouverne le peuple entier des grenouilles. Le père Pelée m'engendra un jour.)

Pelée était père d'Achille ! — Il me paraît douteux qu'Homère ait voulu ridiculiser le héros de son immortelle épopée; aussi pense-t-on que ce poëme a été composé en Asie-Mineure, à l'époque de la guerre de Xercès contre la Grèce.

Je terminerai par une citation de Dante sur Homère (Enfer, ch. IV):

> Mira colui con quella spada in mano
> Che vien dinanzi a tre, siccome sire :
> Quegli è Omero, poeta sovrano.

(Vois-tu celui qui s'avance l'épée à la main et qui en précède trois comme un roi? — C'est Homère, le poëte souverain!)

* ANACRÉON.

Né à Téos en Ionie vers 500 avant J.-C.,
Mort à Abdère, en 416, id.
Suivant Platon, il descendait des rois d'Athènes.

Tandis qu'Hypparque régnait à Athènes, Anacréon habita l'île de Samos où il vécut longtemps chez le roi ou *tyran** Polycrate, dont il charma la cour par ses vers.

Anacréon aimait le plaisir, et ses œuvres nous prouvent que les mœurs de son temps n'étaient pas rigides. Il composa des odes dont quelques-unes sont un peu légères; mais elles sont toutes charmantes par les images et la grâce de l'expression. — Qui ne connaît son ode délicate de l'*Amour piqué?*

> Ὄλωλα, μῆτερ, εἶπεν,
> Ὄλωλα κἀποθνήσκω.
> . . . .
> Hélas! mère, dit-il,
> Hélas! je me meurs.

Quelle harmonie imitative! Et Vénus lui répond:

> . . . . . . Εἰ τὸ κέντρον,
> Πονεῖ τὸ τῆς μελίσσης,

---

* Τύραννος (maître absolu). Ce mot n'était pas appliqué alors au despotisme sans limite et sans justice, car Polycrate et d'autres tyrans de Samos cultivèrent paisiblement les lettres, les sciences et les arts dans leurs États et illustrèrent cette île.

Πόσον δοκεῖς πονοῦσιν,

Ερως, ὅσους σύ βάλλεις.

(Si tu souffres tant de la piqûre d'une abeille, juge, amour, combien doivent souffrir ceux que tu frappes de tes traits!)

Dans *l'Amour mouillé*, *l'Hirondelle*, *la Colombe*, etc., etc., que de fraîcheur!

Anacréon mourut à Abdère en mangeant du raisin, lui qui avait tant aimé les dons de Bacchus! — Il avait 85 ans.

PINDARE.

Né en 520 avant J.-C. à Cynocéphale (Béotie).

Mort en 446, à Thèbes (Béotie).

C'est le poète lyrique par excellence; il a donné des lois à ce genre de poésie; il a subdivisé l'ode en strophe, antistrophe et épode. Ce rhythme, qui lui appartient, a pris le nom d'*Ode Pindarique*. — La richesse du langage, l'emphase des sentiments, la multiplicité des images et des métaphores, donnent aux poésies de Pindare un cachet à part.—Si j'osais prendre un terme de comparaison dans notre école moderne, je dirais que le poète grec fut le Victor Hugo de l'antiquité.

Ses odes se divisent en quatre livres : les *Olympiques*, les *Pythiques*, les *Néméennes*, et les *Isthmiques*. Toutes ont pour sujet les jeux de la Grèce. Que l'on me permette de citer une strophe de sa 5e Olympique :

Υψηλαν αρεταν, και

Στεφανων αωτον γλυκυν,

Των Ολυμπια,

Ωκεανου θυγατερ,

Καρδια γελανει,

Ακαμαντοποδος τ' απηνας δεκευ,

Ψαυμιδος τε δωρα.

(O fille de l'Océan, accepte avec un cœur souriant le don du char infatigable de Psaumis; il te l'offre comme la douce fleur des sublimes vertus guerrières et des couronnes olympiques.)

Ce qui rend difficile la traduction de Pindare, c'est l'emploi d'idiomes qui nuisent quelquefois à la clarté de ses vers.

' TYRTÉE.

Naquit à Athènes vers 710 ans avant J.-C.

Il vécut au temps de la deuxième guerre messénienne. — On connaît l'issue de la première, dans laquelle les Spartiates avaient rasé la capitale du vaincu (729 av. J.-C.). Les Messéniens, en reprenant les armes pour une seconde lutte, avaient fait subir plusieurs défaites aux Lacédémoniens, et Sparte était consternée. On raconte qu'alors elle demanda à Athènes un général habile. — Par dérision, les Athéniens lui envoyèrent Tyrtée, qui était boiteux et contrefait. — Mais celui-ci prend son rôle au sérieux, remonte par ses chants guerriers le courage des vaincus, et, les ramenant au combat, il remporte à leur tête une éclatante victoire.

Deux vers donneront une idée de la vigueur des élégies patriotiques de Tyrtée :

$$\text{Ανδράσι μὲν θνητὸς ἰδεῖν, ἐρατός τε γυναιξί,}$$
$$\text{Ζωὸς ἐών, καλὸς ἐν προμάχοισι πεσών.}$$

(*Il est bien* de paraître estimable aux hommes et agréable aux femmes, étant sain et sauf; mais *il est beau* de mourir au premier rang des combattants.)

Toutes les maximes qui rendent la jeunesse vaillante se trouvent dans Tyrtée.

Son influence fut immense sur l'esprit militaire des Lacédémoniens, qui marchaient toujours au combat en chantant ses vers guerriers.

' SAPHO.

Née à Mytilène (mer Égée) vers l'an 600 avant J.-C.

Morte en se précipitant du rocher de Leucade (Acarnanie) vers 670 avant J.-C.

Sapho, que l'antiquité a surnommée la *dixième muse*, n'était pas belle; mais en lui refusant le don de plaire par la grâce du corps,

Dieu lui donna des talents incomparables. — Son âme de feu lui créa des triomphes et des malheurs, des affections et des déboires; elle finit, dit la légende, par mettre terme à son existence agitée en se jetant dans la mer du haut du rocher de Leucade. — Triste résultat d'une passion non partagée. — On verra par les deux vers suivants combien l'amour la maltraitait, puisqu'elle maltraite l'amour jusqu'à le couvrir des plus amères épithètes.

Ερως δ' αὖτι μ'ό λυσιμελὴς δονεῖ
Γλυκύπικρον ἀμάχανον ὄρπιτον.

(L'amour me bouleverse et dissout mes membres; l'amour irrésistible qui se glisse comme un reptile engendrant à la fois l'amertume et la douceur.)

Les Grecs aimèrent Sapho; on lui frappa des médailles, et l'on trouve aujourd'hui sa statue au milieu de la salle des Muses au Vatican.

Notre citation est une de celles qui font le mieux comprendre combien était riche, énergique et concise la langue de Sapho.

16 HORACE.

(HORATIUS FLACCUS.)

Né à Venosa (Venusia) Basilicate, l'an 65 avant J.-C.,
Mort à Tibur (Tivoli, Sabinie), l'an 8 avant J.-C.

Son père était affranchi. Il sacrifia, pour l'éducation de son fils, toutes ses ressources pécuniaires et patrimoniales. — Horace fit ses études littéraires à Rome; il étudia la philosophie à Athènes. — Se laissant entraîner par Brutus dans la guerre civile, il prit part à la bataille de Philippes, où il laissa son bouclier dans une fuite précipitée.

Tecum Philippos et celerem fugam
Sensi, relicta non bene parmula....

(Philippe a vu notre fuite commune,
Et j'y laissai mon bouclier;
Ce qui n'était pas bien!)

(Ode à Pomp., liv. II.)

L'épreuve de sa vocation pour les armes n'ayant pas été heureuse, Horace devint poète philosophe, un peu épicurien, un peu politique, mais toujours spirituel.

Son protecteur à Rome fut Pollion, homme considérable, ami d'Octave et de Mécène, mais surtout ami des lettres qu'il honora par ses écrits. Pollion, qui ne fut pas à la hauteur de Virgile et d'Horace dans ses productions littéraires, eut au moins la gloire de compren-dre ces génies et de les produire. Ainsi devrait faire tout homme in-fluent sous un grand règne. Sans Pollion, sans Mécène, le siècle d'Au-guste n'aurait pas été illuminé par cette auréole du génie poétique qui est l'apothéose des grands politiques.

Il faudrait un volume pour parler d'Horace, pour reproduire ses maximes de haute morale ou ses charmantes compositions anacréon-tiques. Qu'il nous suffise de rappeler cette admirable apostrophe à Dellius, homme d'un tempérament fougueux, mais tellement in-stable dans ses opinions politiques, qu'on l'appelait : *desultor bello-rum civilium, voltigeur des guerres civiles.*

> Æquam memento rebus in arduis
> Servare mentem, non secus in bonis
> Ab insolenti temperatam
> Lætitia, morituri Delli.

(Souviens-toi, dans les choses difficiles, de conserver un esprit égal; et dans la prospérité, préserve bien ton cœur de l'insolente joie, Dellius, toi qui dois mourir!)

L'*Art poétique* fut le chef-d'œuvre, l'œuvre magistrale et immor-telle d'Horace : il y enseigne, non-seulement la prosodie latine, l'art latin; mais il y développe, avec un charme et une hauteur d'idées infinis, l'essence de la poésie universelle. Boileau n'a fait que l'imi-ter; il l'a même calqué souvent. — Horace fut le premier qui intro-duisit chez les Romains les formes lyriques des Grecs; il s'en faisait une gloire, et tout le monde connaît sa dernière ode,

> Exegi monumentum ære perennius.

où il prédit à bon droit son immortalité.

" VIRGILE.

(VIRGILIUS MARO.)

Né l'an 71 avant J.-C. à Andes, près Mantoue.

Mort l'an 20 avant J.-C. à Brindes (Brindisi), Italie méridionale.

Son père était potier et possédait un petit bien; il fit donner de bonne heure une éducation distinguée à son fils.

Virgile fit ses premières études à Crémone. A seize ans, il revint à Mantoue et y apprit les sciences naturelles, la langue grecque, l'astronomie et la géographie; il étudia même la médecine. — Les *Georgiques* prouvent que déjà à cette époque les sciences d'observation que Pline l'Ancien éleva à un si haut degré d'importance, étaient déjà cultivées.

Virgile étudia les systèmes philosophiques d'Epicure, de Platon et de Pythagore; mais son âme et son génie le portaient vers la poésie. — Il avait vingt-neuf ans lorsque, dépouillé de son patrimoine par les vétérans d'Octave, après la bataille de Philippes, il adressa à Pollion, alors gouverneur militaire de la province, sa première églogue si attendrissante :

> Nos patriæ fines, et dulcia linquimus arva :
> Nos patriam fugimus !......

Pollion fut touché; il recommanda Virgile et son père à Mécène, qui les présenta à Octave, et ils obtinrent la restitution de leurs biens, la protection du chef de l'Etat et l'amitié de cet homme illustre auquel on doit la gloire littéraire du siècle d'Auguste et dont le nom est devenu proverbial, de *Mécène*, en un mot.

A l'âge de trente-quatre ans, il composa ses *Georgiques*. Cet ouvrage immortel n'avait pas seulement le mérite d'une langue épurée, parfaite de forme, embellie par l'étude d'un poète savant, il avait un but plus élevé. Les guerres civiles et extérieures avaient enlevé à l'agriculture deux conditions indispensables : l'argent et les bras; mais elles l'avaient privée surtout du calme et des encouragements, fils de la paix. — Virgile ne craignit pas de montrer à Auguste cette plaie vive en lui déclarant l'urgence du remède.

> Tu adeo.................Cæsar
> ....
> Ignarosque viæ mecum miseratus agrestes,
> Ingredere, et votis jam nunc assuesce vocari.

(Prends en pitié avec moi les agriculteurs ignorants, montre-leur la bonne voie, et accoutume-toi à recevoir leurs vœux.)

Virgile a émaillé ses *Géorgiques* d'épisodes qui en rompent la monotonie; il nous parle de l'influence de la lune comme Mathieu de la Drôme; mais il nous raconte aussi les malheurs d'Orphée.—Et quel langage pur, quel sentiment suave, quelle tendresse d'expressions dans ces fables touchantes! (*I^e Georg.*)

Les Bacchantes ont jeté la tête d'Orphée dans l'Ebre; elle surnage et prononce encore le nom d'Euridice:

.... Vox ipsa et frigida lingua :
Heu ! miseram Euridicen, anima fugiente vocabat:
Euridicen toto referebant flumine ripæ.

(Tandis que son âme fuit, sa voix même et sa langue glacée appelaient encore : Ah ! pauvre Euridice! Et les échos du rivage répétaient : Euridice!)

Ces vers-là vont droit au cœur et restent dans l'esprit, « Comme le chant de Philomèle pleurant sous l'ombre du peuplier.»

Qualis populea mœrens Philomela sub umbra.

— L'*Enéide*, que Virgile composa dans les dernières années de sa vie, est le poème patriotique des Romains de cette époque. Ils y trouvent une noble généalogie.

Créuse, qu'Enée cherche dans les ténèbres, lui apparaît sous la forme d'un fantôme et lui dit :

Et terram Hesperiam venies, ubi Lydius arva
Inter opima virum leni fluit agmine Tybris.

(Et tu arriveras sur cette terre d'Hespérie où le Tibre coule tranquille au milieu des riches campagnes.)

L'*Enéide* est comparable, pour la richesse des épisodes, à l'Iliade; elle est peut-être supérieure au poème d'Homère par la rapidité et l'intérêt des récits, comme par la douceur des sentiments. — Cependant, Virgile, polisseur infatigable de son œuvre, voulait, avant de mourir, qu'on la brûlât. Mécène s'y opposa, et elle fut seulement corrigée par Varius et Plotius Turca, ses amis.

C'est dans un voyage qu'il fit en Asie-Mineure, pour examiner le théâtre des principaux épisodes de son poème, que l'auteur de l'*E-*

néide contracta une grave maladie. Il voulut revenir à Rome avec Auguste, mais, épuisé par le mal physique et la fatigue de ses travaux, il ne put accomplir ce dernier projet et mourut à Brindes (Brindisi), à la pointe orientale de cette Italie qu'il avait illustrée. Il était âgé de 52 ans.

Auguste aimait son talent et la franchise de son caractère; il lui sut gré de ses conseils et lui demanda même des principes sur l'art de bien gouverner. Le poète, en effet, résumant les grandes pensées d'une époque, doit en prévoir les besoins aussi bien que les grands politiques, et comprend souvent, de la hauteur de son génie, la manière de diriger les intérêts et les passions des hommes.

Virgile fut le précurseur du Dante, qui a dit de lui dans son premier chant du Paradis :

> Oh degli altri poeti onore e lume,
> Tu se' lo mio maestro e 'l mio autore!

(Oh! des autres poètes honneur et lumière, tu es mon maître et mon auteur!)

'' DANTE.

(DANTE ALIGHIERI.)

Né le 15 mai 1265 à Florence.
Mort à Ravenne en 1321.

Ses ancêtres, écrit Leonardo Aretino dans sa *Vie de Dante*, étaient d'une très-ancienne famille de Florence, tellement que lui-même paraît vouloir, dans certains passages, faire remonter son origine aux Romains qui vinrent fonder cette ville magnifique.

Après s'être fait un nom dans le parti gibelin, et avoir été nommé, en 1300, l'un des prieurs de Florence, les caprices de la guerre civile le firent envoyer en exil. — C'est à cette époque qu'il écrivit sa *divine comédie*, pleine des passions de la politique d'alors, mais œuvre sublime qui a formé la langue italienne et semble une encyclopédie de toutes les connaissances humaines.

Dante aima l'Italie, et comme le rappelait, le 21 mai 1865, le sénateur Riscotti, recteur de l'Université de Turin, dans un discours remarquable en l'honneur du grand poète : « Nium, più di Dante, fu

» Italiano fra gli Italiani. » (Personne plus que Dante ne fut Italien parmi les Italiens.)

Six siècles n'ont fait qu'augmenter sa célébrité, et quelques jours à peine se sont écoulés depuis que l'Italie tout entière fêtait pour la 6e fois l'anniversaire séculaire de sa naissance.

Cette année, l'état prospère de l'Italie a permis de donner plus d'éclat à ces manifestations dont le souvenir de Dante a rempli cette Florence, aujourd'hui capitale, d'où jadis l'immortel patriote s'échappait en transfuge devant l'ingratitude publique. Mais Alighieri savait bien que le bonheur ne venait pas des hommes:

> O insensata cura de' mortali,
> Quanto son difettivi sillogismi
> Quei che ti fanno in basso batter l'ali !
>
> Paradis, ch. XI.

> (O soins trop insensés de la race mortelle,
> Qu'ils sont défectueux ces discours qui te font
> Contre terre battre de l'aile.)

Son influence sur la littérature en général fut immense, il est l'Homère du Christianisme. — Il est le fondateur de la langue italienne, diffuse et corrompue jusqu'alors. — Son influence sur l'esprit humain vivra éternellement, car il en a relevé la dignité et l'indépendance.

13 ARIOSTE LOUIS.

(LUDOVICO ARIOSTO.)

Né le 8 septembre 1474, à Reggio (duché de Modène).
Mort le 6 juin 1533, à Ferrare.

Son père était capitaine au service du duc de Ferrare et commandait la forteresse de Reggio. — Il fut contemporain et rival du Tasse; mais son génie extraordinaire ne put jamais le faire sortir de la médiocrité dans laquelle il était né, et s'il n'avait reçu, dans les dernières années de sa vie, sept écus par mois du duc de Ferrare et un logement dans son palais, il serait mort misérablement.

Il n'est pas le seul génie de ce siècle qui ait éprouvé les rigueurs de l'adversité, et nos poëtes modernes, devant de tels exemples, n'ont pas trop à se plaindre.

Le siècle dans lequel vécut Arioste fut rempli de deuil pour l'Italie : vices, fraudes, sang, carnage ; instabilité dans les idées, dans les transactions politiques ; — liberté perdue, tyrannie des partis tour à tour vaincus ou vainqueurs ; domination momentanée mais toujours despotique de l'étranger. Chaos douloureux au milieu duquel surgissent pourtant de grandes âmes et de grandes choses. — Arioste fut un de ces élus qui relevèrent le domaine de l'âme au milieu de ces perturbations. — Il avait fait le diplomate et le soldat, ayant été envoyé par Alphonse, duc de Ferrare, comme ambassadeur au Vatican, pour y tenter un accommodement avec Jules II, le pape guerrier, et ayant assisté à cette sanglante bataille de Ravenne (septembre 1512) où périt Gaston de Foix, généralissime de vingt-quatre ans, à côté de Bayard, au moment où la victoire couronnait son jeune génie. Arioste put donc à bon droit, dans son *Orlando furioso*, faire parler la vertu guerrière et enseigner la manière de repousser l'insolence par la constance et le courage.

Il n'aimait pas plus les Allemands que les Espagnols, et c'est peut-être en faisant allusion à ces oppresseurs de son pays qu'il disait :

> Come tal volta, ove si cava l'oro
> Là tra Pannoni, o nelle mine Ibere,
> Se improvvisa ruina su coloro
> Che vi condusse empia avarizia, fere,
> Ne restan si oppressi, etc.

(Ainsi, dans ces lieux d'où l'on extrait l'or, en Pannonie ou dans les mines de l'Ibérie, si le terrain s'écroule sur ceux qu'y conduisit une avarice impie, ils en restent écrasés, etc.)

Le vers d'Arioste est magnifique. — Écoutez le dernier soupir de Rodomont, tué par Roger :

> Bestemmiando fuggì l'alma sdegnosa
> Che fu sì altera al mondo, e sì orgogliosa !

(En blasphémant s'enfuit cette âme dédaigneuse, qui fut si altière au monde et si orgueilleuse !)

Ainsi meurent les despotes ; les humbles bénissent Dieu.

Dante, Pétrarque, Arioste sont la trilogie patriotique de ces temps de lutte entre le Nord qui convoite, et l'Italie qui, comprenant qu'elle fut forte, défend, malgré son peu d'homogénéité, la propriété de sa langue et les beautés de son climat et de son sol en même temps que son vieil honneur.

Arioste mourut à l'âge de cinquante-neuf ans, après avoir refusé le gouvernement d'une ville et une ambassade auprès de Clément VII. Il venait de corriger l'*Orlando*, dont la seconde édition, bien supérieure à la première, avait paru en 1532.

On peut reprocher à Arioste d'avoir été quelquefois un peu leste dans ses portraits ou ses tableaux amoureux. Chant XI, portrait d'Olympia :

> Dirò in somma, che in lei dal capo al piede
> Quant' esser può bella, tutta si vede.

(Je dirai en somme, que des pieds à la tête on peut voir tout ce qui peut la rendre belle.)

" MAROT CLÉMENT·

Né à Cahors en 1495.
Mort à Turin en 1544.

Son père, Jean, était versificateur et fit des poésies de quelque mérite ; il était même poète en titre de la duchesse Anne de Bretagne. Il fut ensuite valet de chambre de François 1er.

Clément vint avec son père à Paris, en 1505. D'un caractère léger et indépendant, il prit part aux *sotties* que jouaient en place publiques les *enfants sans souci*, ce qui développa son penchant aux œuvres de l'imagination.

Vers la fin du règne de Louis XII, il fut nommé page du chevalier Nicolas de Neuville, seigneur de Villeroy, et, sous ses auspices, débuta dans la carrière militaire, en même temps qu'il cultivait la poésie. Ses premiers essais poétiques le firent remarquer par Marguerite de Valois, qui se l'attacha comme valet de chambre, et conserva pour lui l'intérêt affectueux le plus constant.

Jean Marot étant mort en 1523, notre jeune mais déjà célèbre poète obtint auprès de François 1er la charge de valet de chambre qu'avait occupée son père.

C'est alors qu'il accompagna le roi-chevalier dans sa funeste campagne d'Italie. Il se battit à Pavie ; il y fut blessé et fait prisonnier. Bientôt rendu à la liberté, il se vit compromis dans des affaires d'hérésie et emprisonné à plusieurs reprises, rimant toujours, se faisant ainsi amis et ennemis, mais conservant, au milieu de ses tribulations, la faveur de Marguerite et de François 1er.

Errant de Ferrare à Genève, de Genève à Turin, toujours persécuté, particulièrement après le succès obtenu par sa traduction des psaumes de David que l'on chantait dans les plus brillantes réunions, il mourut dans cette dernière ville, après avoir contribué puissamment à la renaissance des lettres en France, déjà ébauchée par Villon.

Marot est certainement l'une des figures les plus originales du règne de François 1er, ce roi guerrier qui fut le restaurateur des lettres. — Poète fin et courageux, maniant déjà sa langue avec grâce, Marot fit resplendir l'esprit gaulois au milieu du mysticisme, du fanatisme des querelles religieuses et des scandales de cette époque, si profondément agitée par les rivalités politiques et par la réforme de Luther.

Il fut appelé *le poète des princes et le prince des poètes.*

Quelques citations feront comprendre son génie, fertile en épigrammes. Il fait parler deux amoureux sur le compte d'une belle. Il s'agit de savoir quelle est sa corde sensible. (Je supprime l'orthographe du temps.)

1er AMOUREUX.

Je lui ai dit qu'elle était belle,
J'ai soupiré, j'ai fait des cris,
J'ai envoyé de beaux écrits,
J'ai dansé, j'ai fait des gambades,
Je lui ai tant donné d'œillades
Que mes yeux en sont tout lassés.

2e AMOUREUX.

Encore, n'est-ce pas assez,
Il fallait être diligent,
De lui donner ,

1er AMOUREUX.

Quoi ?

2e AMOUREUX.

De l'argent ,
Quelque chaîne d'or bien pesante,
Quelque émeraude bien luisante.

1er AMOUREUX.

Mais crois qu'elle n'en prendrait point
En y eût-il plein trois barils.

2e AMOUREUX.

Mon ami, elle est de Paris,
Ne t'y fie, car c'est un lieu,
Le plus gluant......

Il a fait des oraisons qui contrastent avec la manière générale de sa poésie par l'onction qu'elles respirent. Citons celle qui doit être dite après le repas :

Père éternel qui nous ordonnes
N'avoir souci du lendemain,
Des biens que pour ce jour nous donnes
Te mercions de cœur humain;
Or, puisqu'il t'a plu de ta main,
Donner au corps manger et boire,
Plaise-toi du céleste pain
Paître nos âmes à ta gloire.

Dirait-on, en lisant ces vers, que Marot a été poursuivi pendant vingt ans pour hérésie !....

Mais c'est dans les madrigaux et les épigrammes que la poésie marotique revêt son cachet particulier :

Si tu es poure, Antoine, tu es bien
En grand danger d'être poure sans cesse,
Car aujourd'hui on ne donne plus rien,
Sinon à ceux qui ont force richesse.

Et en parlant d'une brune :

Je la connais, c'est une noire.
....
Si elle eût (pour la peindre mieux),
Au bec une prune sauvage,
On dirait qu'elle aurait trois yeux
Ou bien trois prunes au visage.

Et ce joli madrigal :

Montrevil montre clairement,
Sûrement;
Qu'en beau corps grâce rassise,
C'est la pierre en l'or assise
Proprement.

Si je me suis étendu, dans cette notice, avec plus de développements que dans quelques autres en apparence plus importantes, c'est que Marot est une des figures les plus saillantes de la Renaissance, et la plus éminemment française comme esprit et comme désinvolture.

Pétrarque s'inspira de Laure, Dante de Béatrix, Tasse de Léonore; Marot s'inspira de Marguerite. — A côté d'un grand génie il y a presque toujours une femme.

¹⁵ PÉTRARQUE FRANÇOIS.
(FRANCESCO PETRARCA.)

Né à Arezzo (Toscane), le 20 juillet 1304.
Mort à Arqua (Vénétie), le 18 juillet 1374.

Son père, d'une assez belle position de fortune, appartenait au parti gibelin. — A la suite d'un revers de cette faction, en 1300, il avait été exilé de Florence et ses biens avaient été confisqués. — Il s'était réfugié à Arezzo qu'il habitait depuis peu lorsque naquit ce fils qui devait immortaliser son nom.

La naissance et les premières années de François Pétrarque sont signalées par les plus sinistres augures. — Sa mère, avant d'accoucher, est tenue pour morte. — Son père, forcé de quitter Arezzo, le confie, alors qu'il n'avait encore que six mois, à un jeune homme qui le laisse tomber dans l'Arno. — Lorsque, fuyant l'Italie où elle n'a plus de moyens d'existence, sa famille traverse la mer pour se rendre à Avignon, le vaisseau qui la porte fait naufrage, se brise auprès de Marseille, et les naufragés n'échappent à la mort que par miracle. — François avait alors neuf ans.

Après son installation à Avignon, où les papes avaient alors leur résidence, son père lui fit faire ses études à Carpentras et à Montpellier. — C'est à l'âge de vingt-trois ans, après la mort de son père, qu'il se retira, pour éviter la peste qui désolait Avignon, dans une petite propriété qu'il avait acquise près de la fontaine de Vaucluse; et ce fut cette même année, le 6 avril, jour de la passion, qu'en allant à la messe, il rencontra la jeune *Laure*, fille du sire de Cabrières, dont la demeure était voisine de la sienne. — Il fut séduit par la beauté, la grâce et la pudeur de cette charmante personne, et

4

lui voua dès lors un amour platonique qui paraîtrait une fable, si les admirables sonnets de Pétrarque ne venaient affirmer à la postérité la durée et la chasteté de cette affection. — Laure était épouse de Hugues de Sade; mais les mœurs du temps n'étaient pas tellement sévères qu'on ne pût accepter l'hommage d'un poète sans se compromettre. — Laure supportait donc ces manifestations passionnées d'un amour éthéré, sans manquer ni à ses devoirs ni aux convenances. —C'est donc à bien juste titre que le roi galant par excellence, François Ier, composa l'épitaphe suivante en l'honneur de l'héroïne de Vaucluse, près de deux siècles après sa mort :

> En petit lieu compris, vous pouvez voir
> Ce qui comprend beaucoup par renommée ;
> Plume, labeur, la langue et le devoir,
> Furent vaincus par aymant de l'aymée.
> O gentille âme, estant tant estimée,
> Qui te pourra louer qu'en se taisant ?
> Car la parole est toujours réprimée
> Quand le subject surmonte le disant.

Pétrarque ne fut pas seulement un poète amoureux, il fut aussi poète patriote. Lisez plutôt cette chanson :

> Italia mia, benchè'l parlar sia indarno
> A le plaghe mortali.......
> ....
> Che fan qui tante pellegrine spade ?

(Mon Italie, quoique parler ne soit point un remède à tes plaies mortelles, etc., etc....... que font ici tant d'épées étrangères?)

Il parlait de l'oppression de l'Italie et soupirait après son unité, ce rêve de tous les poètes italiens que notre siècle a vu s'accomplir. L'influence de Pétrarque est évidente sur les mœurs de son temps, sur le progrès de la langue italienne et sur le sentiment patriotique.

Il n'avait que trente-sept ans quand il reçut la couronne d'or au Capitole (1).—Depuis l'âge de quarante ans, il fut un modèle de chasteté. — Il conserva toujours pour Laure un souvenir ardent et pur, et la pleura longtemps. Il mourut dans son cabinet de travail à l'âge de soixante-dix ans.

---

(1) 13 avril 1341.

" MILTON.

Né le 9 décembre 1608, à Londres.

Mort en 1674.

Jeunesse agitée par les circonstances politiques; vieillesse infirme. La vie de Milton est une de celles qui font penser à l'existence de Dieu et à l'immortalité de l'âme, par le simple sentiment des misères de ce monde.

Il n'eut pas même le bonheur de jouir du succès de son magnifique chef-d'œuvre, le *Paradis perdu.*

Il fut secrétaire de Cromwell pendant sa dictature. A la mort du Protecteur (1638), il fut incarcéré, puis rendu à la liberté. — Peu de temps après il perdit la vue, et c'est pendant cette période de son existence qu'il dictait à ses filles son *Paradis* que l'on peut à juste titre placer à côté de l'*Enfer du Dante*, pour la force de l'inspiration et la grandeur des images.

Milton est un de ces malheureux poètes qui se sont perdus en se mêlant à la politique, mais ont puisé dans cette situation particulière une grande énergie, une énergie amère de création.

Quoi de plus beau que ces paroles d'Eve (innocente encore), répondant à Adam qui l'invitait à vaquer aux douces occupations de leur vie heureuse et chaste :

> My authour and disposer, what thou bidd'st,
> Unargued, I obey; so God ordains;
> God is thy law, thou, mine: to know no more
> Is woman's happiest knowledge and her praise.

(Mon auteur et mon maître, à ce que tu veux j'obéis sans réflexion; ainsi Dieu l'ordonne. Dieu est ta loi, tu es la mienne; ne pas en savoir davantage est la plus heureuse connaissance de la femme et sa gloire.)

Quel heureux caractère avait alors la femme ! Maudit serpent !!

Mais, revenant au poète, quelle délicieuse peinture en quatre vers, de l'innocence et de l'obéissance dans l'amour !

Adam n'est pas en reste de bonne grâce :

> Daughter of God and man, accomplish'd Eve.

(Fille de Dieu et de l'homme, Eve accomplie!)

Après le péché, Eve retourne près d'Adam et lui raconte ce qu'elle a fait. Le premier homme tressait alors pour sa compagne bien-aimée une couronne de roses; en entendant ce récit, il sent une horreur profonde courir dans ses veines, et la guirlande de fleurs tombe desséchée de ses mains.

> ....while horrour chill
> Ran throught his veins and all his joints relax'd.

(Tandis qu'une froide horreur court dans ses veines, et que ses jointures se disjoignent.)

Le *Paradis perdu* enivre ou fait frémir; c'est une conception immense qui fait penser à Dieu. — Milton avait vendu ce chef-d'œuvre 600 fr. — Plaignez-vous donc, écrivains de nos jours!

'' LE TASSE

(TORQUATO TASSO.)

Né à Sorrente, près Naples, le 11 mars 1544.
Mort à Rome, le 25 avril 1595.
Son père Bernardo était premier secrétaire du prince de Salerne. A l'âge de sept ans, Torquato fut conduit par sa mère à Naples pour y être élevé dans la Compagnie alors naissante des Jésuites (¹). En 1556, son père, qui était poète, le conduisit avec lui à Venise, où il devait lire et livrer à la publicité son poème d'*Amadis*. Déjà le jeune Torquato lui servait de secrétaire.

En 1562, c'est-à-dire à l'âge de dix-huit ans, le Tasse publia son premier poème, *Rinaldo*, à Padoue. — Sa réputation, ses avantages personnels, son excellente éducation, le firent appeler à la cour de Ferrare où régnait Alphonse II; c'est alors qu'il s'éprit d'Eléonore, sœur de ce prince, et qu'il entreprit la *Jérusalem délivrée*.

> Canto l'armi pietose, e 'l capitano
> Che 'l gran sepolcro liberò di Cristo.

(Je chante les pieuses armes et le capitaine qui délivra le grand sépulcre du Christ.)

Tout en composant cet admirable poème épique, il ne négligea

(¹) Fondée en 1534 par Ignace de Loyola et approuvée en 1550 par le Pape Paul III.

pas les autres genres de poésie, et son drame pastoral d'*Aminta* fut reçu avec les plus grands applaudissements (1575).

L'amour du Tasse pour Eléonore était pur comme celui de Pétrarque pour Laure; il éclairait son intelligence et agrandissait sa volonté sans irriter ses sens, ce qui lui faisait dire :

> E basta ben che i sereni occhi e 'l riso
> M'inflammin d'un piacere onesto e santo.

(Il suffit que ses yeux sereins et son sourire enflamment mon cœur d'un plaisir honnête et saint.)

Néanmoins, malgré l'art qu'il mettait à tenir son affection cachée à tous les yeux, elle fut connue, et le Tasse eut des duels dont il se tira à son honneur. Le peuple, qui l'admirait, disait de lui dans une chanson :

> Colla penna e colla spada
> Nessun val quanto Torquato.

(Avec la plume comme avec l'épée, personne ne vaut Torquato.)

Néanmoins, entouré d'ennemis qui conspiraient contre lui par le fer et le poison, Tasse ne put supporter cette existence; son esprit se troubla, et il s'enfuit en mendiant, errant à Sorrente, à Mantoue, à Venise, à Urbin, à Turin. — Ayant osé revenir à Ferrare, en 1579, Alphonse le fit enfermer à l'hospice de Sant'Anna. Il n'en sortit qu'en 1586.

Cet emprisonnement du Tasse dans un hôpital de fous, fut une tache indélébile sur le manteau ducal d'Alfonse II. Le croirait-on? il fut un temps où on lui enleva jusqu'à sa plume ! c'était à le rendre furieux. Après avoir été rendu à la liberté, il passa un an à la Cour de Gonzague, à Mantoue; mais, d'un caractère susceptible, il se figura qu'il n'y était pas bien vu et partit pour Rome où régnait Sixte-Quint, qui lui donna un logement au Vatican; puis il se rendit à Naples. En 1594, Clément VIII le fit revenir à Rome, pour recevoir au Capitole la couronne d'or; c'était en novembre. Se sentant malade, il remit la cérémonie au printemps et s'enferma dans le couvent de San-Onofrio. — La mort ne lui laissa pas le temps de jouir des honneurs du triomphe; il expira le 25 avril 1595, à l'âge de 51 ans. Le laurier qu'il devait recevoir le lendemain fut déposé sur son cercueil.

Pie IX, réparant l'oubli de trois siècles, lui a fait élever, à San-Onofrio, un monument digne du poète et du pontife. Gloire à tous les deux !

Son influence sur les idées religieuses de son temps fut salutaire; il ramena l'agitation humaine dans la voie des pensées pieuses en exaltant les prodigieuses entreprises des chrétiens sous l'égide de la croix; il ridiculisa ces barbares querelles de partis qui, depuis deux siècles, divisaient l'Italie.

Les discussions auxquelles donna lieu sa rivalité avec Arioste furent productives pour les lettres; elles formèrent la haute critique et perfectionnèrent au plus haut point le langage déjà si épuré de Dante, elles furent enfin la cause de l'institution de l'académie de la Crusca.

Je m'arrête, regrettant de ne pas en dire davantage sur le premier des poètes religieux et celui qui fut le plus éprouvé par la Providence.

" SHAKSPEARE (WILLIAM)·

Né en 1564 à Stratford sur Avon (Warvickshire).
Mort en 1616, à Londres.

Son père était un petit marchand de laine. William reçut à Stratford une instruction très-incomplète, et son caractère fougueux lui fit préférer, dans sa jeunesse, la vie active et hasardeuse du braconnier à des études suivies. C'est après un délit inhérent à cette passion, qu'obligé de se réfugier à Londres, il entra dans une troupe de comédiens. Alors sa vocation se révéla : son activité, son énergie, ses rares facultés intellectuelles trouvèrent un aliment; il devint acteur. Il composa quarante-deux pièces de théâtre qu'il interpréta souvent lui-même. Parmi ces productions si variées, quelques chefs-d'œuvre ont résisté au temps et, traduits dans toutes les langues, sont encore admirés à notre époque sur la scène; tels sont : *Hamlet, Othello, le Songe d'une nuit d'été, Roméo et Juliette, Macbeth, le Roi Léar*, etc. — Ducis l'imita, prit les titres et les sujets palpitants de ces drames, et les fit applaudir au commencement de ce siècle sur le théâtre Français. Shakspeare ne fut pas seulement émouvant et terrible, il fut moraliste et philosophe; qu'on en juge par cette citation d'*Hamlet*: c'est un père qui donne des conseils à son fils sur la manière de se conduire dans le monde :

> Be thou familiar, but by no means vulgar;
> The friends thou hast, and their adoption tried,
> Give every man thy ear, but few thy voice;
> Take each man's censure, but reserve thy judgment,
> .... To thine own self be true,
> Thou canst not then be false to any man.

(Sois familier, mais non avec des procédés vulgaires; prends des amis, mais sois difficile dans leur choix; donne à chacun ton oreille mais rarement ta voix; écoute la censure mais réserve ton jugement; ...., sois sincère envers toi-même, tu ne pourras être alors faux pour personne.)

Il changea la face du théâtre anglais, agrandit l'art dramatique en y introduisant les mœurs et l'histoire. L'on peut dire qu'il fut le précurseur du grand siècle ; il est à regretter qu'il soit mort dans la force de l'âge (52 ans). — Dix ans avant que la tragédie ne le perdît, naissait sur l'autre rivage de la Manche, à Rouen (1606), ce Pierre Corneille qui devait poser sur sa tête la couronne de Shakspeare, en ajoutant peut-être de l'éclat à ses nobles rayons, et six ans après naissait Molière (1622).

" DRYDEN.

Né à Londres en 1631.
Mort en 1700.

On ne peut pas dire de Dryden qu'il fût constant dans ses opinions politiques comme Milton son contemporain. Tour à tour panégyriste de la révolution et du pouvoir royal, de Cromwell ou de Charles II, il manqua de conviction; pardonnons-lui ! Que de poètes ont été dans le même cas, même de notre temps! mais il fut un des écrivains les plus corrects de son temps. — Il traduisit les classiques latins avec succès; il épura la langue anglaise et lui donna toute la douceur dont elle était susceptible.

Deux vers donneront une idée de l'énergie de sa pensée. Ils sont extraits du portrait de Buckingham.

> So, over-violent, or over-civil,
> That ev'ry man with him was God or Devil.

(Il était si exagéré dans la violence comme dans la politesse, que tout homme avec lui était Dieu ou Diable.)

" BOILEAU.

Né le 1er novembre 1633, à Paris.

Mort en 1711 le 13 mars, à l'âge de 74 ans.

Quoi qu'en disent les poètes de l'école romantique, Nicolas Boileau Despréaux a fait un bien immense à la littérature lyrique en lui donnant des modèles à suivre, en châtiant la langue, en formulant les règles définitives et invariables de la belle poésie. — Qu'il ait manqué de ce génie fantasque qui a caractérisé l'école moderne, cela est possible; mais il avait la force de volonté qui construit de solides monuments, et l'on peut dire qu'on lui doit la pureté de la versification, qui n'est pas accessible à tous les rimeurs et que pour ma part je cherche sans l'atteindre et que j'admire presque exclusivement dans le grand siècle.

Son père, Gilles, était greffier au Parlement; homme simple et de bonne renommée, Nicolas fut reçu de bonne heure avocat, mais il n'avait point de vocation pour la chicane; — il était d'une franchise austère et nullement fait pour les succès du barreau. — Son père mort, il se laissa entraîner à son penchant pour la poésie. — On connaît son goût pour la critique. — Il débuta par des satires; il avait trente ans quand il fit paraître la première (1666). Il eut l'audace extrême de nommer *un chat, un chat*, et *Rollet un fripon*. Il se fit des ennemis et pensa peut-être qu'au lieu de faire des personnalités il conviendrait mieux de formuler un Code du bon goût poétique. — Horace lui servit de modèle; — il avoua que

La critique est aisée et l'art est difficile,

et il enseigna l'art poétique, qui reste encore la règle des classiques.

Il ne peut venir à l'esprit de personne de contester l'influence de Boileau sur son siècle: — il critiqua les auteurs sans génie; enseigna l'art de bien dire, et tout en châtiant les défauts des poètes, il moralisa la société. S'il fut parfois courtisan, il sut fustiger la courtisannerie, et c'est lui qui osa dire:

Le plus sot animal, à mon avis, c'est l'homme.

" PIERRE METASTASE,

(PIÉTRO MÉTASTASIO.)

Né le 3 janvier 1698, à Rome,
Mort le 2 avril 1782, à Vienne (Autriche). — 84 ans.

Il improvisait à dix ans dans les rues de Rome, et, plus tard, il refusait les honneurs du Capitole, en disant *qu'il était trop vieux pour monter si haut.* Rare exemple de modestie, d'abnégation, après une vie remplie par tant de chefs-d'œuvre! Métastase voulut peut-être donner aussi une leçon au Sénat romain, pour lui avoir fait si longtemps attendre le jour de la justice.

Peu d'écrivains ont eu le bonheur de jouir de leur gloire, aussi complétement que Métastase; — peu d'écrits ont conservé leur jeunesse et leur vogue aussi longtemps que les siens. Les drames lyriques et les cantates de Métastase sont de tous les temps par le fond du sujet comme par la grâce et la parfaite convenance du langage, et sont encore dans la bouche de toute la jeunesse romaine.

Il y a de tout et pour tous dans ses œuvres, et l'Italie les dévore comme on mange un fruit délicat lorsque l'on est altéré. — Ses maximes sont citées par le peuple; les enfants les apprennent au berceau. — A trente ans il était appelé à Vienne par l'empereur d'Allemagne, Charles VI, et nommé poète césarien. — Nul n'a écrit dans une langue aussi gracieuse, aussi suave.

> Felice età dell' oro
> Bella innocenza antica
> Quando al piacer nemica
> Non era la virtù!

(Heureux âge d'or, belle innocence antique quand la vertu n'était pas ennemie du plaisir.)

Il jeta quelque douceur dans les graves préoccupations de son siècle; mais il fut naturellement un des précurseurs des grandes idées philosophiques qui amenèrent la révolution.

" ALFIERI VITTORIO.

(VICTOR ALFIERI.)

Né en 1749 à Asti (Piémont).

Mort en 1803 à Florence (Toscane).

Voici ce qu'écrivait Alfieri en offrant au peuple italien, le 17 janvier 1789, l'hommage de sa tragédie, *Brutus second:*

« AU FUTUR PEUPLE ITALIEN.

» Italiens généreux et libres, j'espère que vous me pardonnerez
» l'outrage que je faisais innocemment à vos aïeux en leur présentant
» deux Brutus dans des tragédies où, au lieu de femmes, interlocu-
» teurs et acteurs, au milieu des plus hauts personnages, je fais par-
» ler le peuple. Je sais combien l'offense est grave d'attribuer, lan-
» gue, action et intelligence à qui, après avoir entièrement oublié
» d'avoir possédé ces trois dons de la nature, croyait impossible de
» les réacquérir jamais. »

On voit qu'Alfieri avait l'esprit de son époque; il pouvait s'appeler *vates.*

Ce grand tragique composa quatorze tragédies en sept ans. — Sa pensée est toujours sublime et empreinte de l'amour de la liberté poussé au fanatisme. — Il a été attaché jusqu'à sa mort à la comtesse d'Albany, veuve du prétendant d'Angleterre. Il vécut longtemps dans ce pays, et son amour pour l'Italie ne fut égalé que par sa haine contre la France; il partageait contre elle les idées anglaises.

Le tombeau d'Alfieri se trouve à Florence, entre celui de Machiavel et celui de Michel-Ange. — Il tenait de l'un, par son caractère indépendant et sa haine contre la tyrannie; de l'autre, par sa poétique et immense imagination. Il fait dire par Brutus à César:

> Io non t'amo, e tu il sai, tu che non ami
> Roma, cagion del mio non amarti sola !

(Je ne t'aime point, César, et tu le sais, parce que tu n'aimes pas Rome; voilà la seule cause de ma haine contre toi.)

" GŒTHE.

(JEAN WOLFGANG).

Né le 27 avril 1749, à Francfort sur Mein.
Mort le 22 mars 1833 à Weimar (Saxe).
Son père était conseiller d'empire.

Il étudia à Leipsig et à Strasbourg, et fut reçu docteur dans cette dernière ville. — Son instruction embrassa toutes les connaissances humaines.

Son premier ouvrage de poésies parut en 1768; — il avait dix-neuf ans, et en 1774 il fit éditer son fameux roman de *Werther*, qui produisit une profonde sensation dans toute l'Europe et fut traduit dans toutes les langues.—C'est peu après ce succès qu'il se rendit en Italie.—Il y resta dix ans; il s'y perfectionna; emprunta au peuple de la poésie, la grâce et le sentiment qui les distinguent, y laissa l'excès de son énergie, et à son retour il fit paraître *Hermann et Dorothée*, charmante et gracieuse idylle qui fut suivie de tant d'autres œuvres admirables et son poème de Torquato Tasso.

L'œuvre capitale de Gœthe est *Faust.* — Les limites restreintes de ces notices ne me permettent pas de m'étendre sur cette étude émouvante et philosophique qui a marqué comme l'œuvre caractéristique du génie allemand.

Gœthe fut reçu membre de l'Institut de France en 1802, et fut nommé plus tard grand cordon de la Légion d'honneur par Napoléon. Rien ne manqua à cette illustre existence : honneurs, fortune, longue vie. — Depuis 1817 il était ministre du duc de Saxe Weimar. — Il fut l'ami et le Mécène de Schiller et des poètes ses compatriotes et ses amis. Génie universel, infatigable, il reste le patriarche et le roi de l'Allemagne intellectuelle par les bienfaits comme par le génie.

Citons quelques vers de *Faust.*

C'est le jour de Pâques; Faust entend le son des cloches et les chants célestes.

CHOEUR DES ANGES.

Christ ist erstanden.
Etc., etc..

FAUST.

Welch tiefes summen, welch ein heller ton,
Zieht mit gewalt das Glas von meinen munde?

....

Ihr chöre, singt ihr schon den tröstlichen gesang,
Der einst, um grabes nacht, fon Engelslippen klang,
Gewissheit einem neuen bunde?

CHOEUR DES ANGES.

Christ ist erstanden
Selig der liebende.

(*Chœur des anges.* — Le Christ est ressuscité.

Faust. — Quel profond bourdonnement, quels sons purs font tomber le verre de ma bouche? Vous, chœurs célestes, chantez-vous déjà le chant consolateur qui jadis, dans la nuit du tombeau, retentissait sur les lèvres des anges, comme gage d'une nouvelle alliance?

Chœur des anges. — Le Christ est ressuscité, heureux celui qui aime.)

Oui : *Heureux celui qui aime!....*

¹⁴ SCHILLER FRÉDÉRIC.

Né le 10 novembre 1759 à Morbach (Bavière).
Mort le 9 mai 1805 à Weimar (Saxe).

Schiller est à la fois poète descriptif plein de charme, et tragique d'une rare énergie. Qui n'a éprouvé, dans ses premières études de la langue allemande si riche de nuances, si expressive dans ses formes, si poétique, en un mot, un plaisir plein d'émotions en lisant sa ballade *du Plongeur!* pauvre homme que le caprice, la curiosité cruelle, le despotisme de la volonté, sacrifient sur l'hôtel de l'orgueil, de la cupidité et de l'amour!

Le drame de Guillaume Tell est un chef-d'œuvre qui présente, dès son début, la preuve du double génie descriptif et tragique de Schiller. — Que l'on me permette de placer ici deux citations de cet ouvrage où la grâce des tableaux s'allie à la vigueur des sentiments.

— Ceci est une entrée en scène. — Un berger descend de la montagne au son du ranz des vaches :

Ihr matten lebt wohl ,
Der sommer ist ihn !
Wir fahren zu berg, wir kommen wieder ,
Wenn der kukuk ruft, wenn erwachen die lieder,
Wenn mit blumen die erde sich kleidet neu ,
Wenn die brünnlein fliessen im lieblichen mai.
Ihr matten lebt wohl,
Der sommer ist ihn.

(Adieu prairies, l'été est passé ! nous reviendrons à la montagne lorsque le coucou criera, lorsque les chanteurs se réveilleront, lorsque la terre se couvrira de nouveau de fleurs parfumées , lorsque les sources claires couleront au joli mois de mai. Adieu prairies, l'été nous a quittés.)

Baumgarten arrive au bord du lac, les vêtements couverts du sang de Wolfenschüs. On l'interroge :

Was habt ihr gethan!
Baumgarten.
Was ieder-freie mann an meinen platz ;
Mein gütes hausrecht hab'ich ausgeübt,
Am schander meiner ehr und meines weibes.

(Qu'avez-vous fait ?—Ce que tout homme libre eût fait à ma place. J'ai usé du bon droit du foyer domestique contre celui qui attentait à mon honneur et à celui de ma femme.)

Et lorsque Guillaume Tell, affrontant la tempête, se décide à conduire lui-même Baumgarten de l'autre côté du lac :

.....Doch besser ist's ihr fait in Gottes hand
Als in der menschen !

(Car il est meilleur que vous tombiez entre les mains de Dieu qu'entre celles des hommes.)

Le drame de Guillaume Tell fut représenté pour la première fois sur le théâtre de Weimar, le 17 mars 1804, au moment de la plus grande gloire du Consulat et de l'émotion profonde de l'Allemagne devant les préoccupations de l'avenir.

Schiller fut aussi historien. En 1791, il fit paraître son histoire de la guerre de trente ans, œuvre consciencieuse et remarquable par l'intérêt des épisodes.

Sa position de fortune était précaire ; elle fut améliorée par l'ami tié de Gœthe qui, se servant de sa faveur auprès du duc de Saxe-Weimar, ami et protecteur des lettres, fit créer pour Schiller une chaire de philosophie à l'Université d'Iena.—Ce grand génie mourut à l'âge de 46 ans.

15 BÉRANGER (DE)
(PIERRE-JEAN).

Né à Paris le 19 août 1780.

Mort à Paris le 16 juillet 1857.

Son grand-père exerçait la profession de tailleur d'habits, et son père était teneur de livres chez un épicier de la rue Montorgueil. — Ils étaient pourtant d'ancienne noblesse, et la particule nobiliaire précède légitimement le nom du poëte qui, fils de son temps et de ses œuvres, eut le bon esprit de ne jamais s'en prévaloir :

> Je ne sais qu'aimer ma patrie ;
> Je suis vilain et très-vilain,

disait-il.

Elevé comme tous les enfants de Paris, il se laissa entraîner, le 14 juillet 1789, par les flots populaires qui se ruaient contre la Bastille, et assista à la prise de cette citadelle de l'arbitraire et de la cruauté des grands. — Humant l'air de la révolution, dans la rue, sur la place publique, ses idées se développèrent avec une rare énergie dans cette brûlante atmosphère.

Il fit ses premières études à Péronne et, à l'âge de quinze ans, étant ouvrier d'imprimerie chez M. Laisné, éditeur dans cette ville, on le chargea de la composition des œuvres d'*André Chénier*. Il s'enivra des sublimes inspirations de ce génie sympathique, et se mit à faire des vers; il y réussit; on l'encouragea ; mais sa première muse fut essentiellement anacréontique. — De retour à Paris, il étudia Molière et Lafontaine. — Chénier, Molière, Lafontaine, trinité essentiellement nationale qui s'est admirablement unifiée dans Béranger ! — Enthousiasme et tendresse du premier, satire mordante du second, finesse et indépendance du troisième, Béranger a de tout cela dans ses odes ou ses chansons légères.

C'est de 1798 que date l'apparition de ses premières œuvres: *Mon vieil habit, le Grenier, les Gueux*, etc. La muse est pauvre, elle fait contre mauvaise fortune bon cœur; mais on prévoit ce qu'elle sera plus tard, quand elle n'aura plus besoin du châle de Lisette pour se garantir du froid:

> Des gueux chantons la louange,
> Que de gueux hommes de bien!
> Il faut qu'enfin l'esprit venge
> L'honnête homme qui n'a rien.

Et

> Dans un grenier qu'on est bien à vingt ans!

Tout cela est vrai, mais prouve que Béranger avait alors plus de philosophie que d'écus. — Vers 1802, Lucien Bonaparte, un Mécène! protégea notre poète, qui serait mort de faim s'il n'avait accepté de ce prince l'abandon de sa pension de l'Institut, et si, quoique exilé, il n'avait eu le pouvoir de le faire nommer secrétaire, commis-expéditionnaire du grand-maître de l'Université, M. de Fontanes (1806).

C'est alors que Béranger composa *le Roi d'Yvetot* et le chanta aux employés qui l'entouraient. De Fontanes l'entendit, trouva la chanson bonne et la présenta à l'empereur, qui en rit de bon cœur et chanta lui-même cette gracieuse critique de son amour pour la gloire.

> Il faisait ses quatre repas
> Dans un palais de chaume,
> Puis sur un âne pas à pas
> Parcourait son royaume;
> Joyeux, simple et croyant le bien,
> Pour toute garde il n'avait rien
> Qu'un chien,
> . . . .
> Ah! quel bon p'tit roi qu' c'était là!

Béranger eut alors un succès de vogue; — il en profita, fut reçu dans le monde et s'y fit remarquer par sa causticité.

Le Caveau, société bachique et musicale, l'admit parmi ses membres (1813); il s'y trouvait avec Désaugiers.

Puis une ère nouvelle s'ouvrit à l'inspiration du poète chansonnier. Il mêlait jusque-là la gaîté légère à l'amour patriotique; mais du jour où les alliés mirent le pied dans Paris, il devint caustique, amer, cruel dans sa douleur de citoyen, et ne craignit pas, sous l'œil d'Alexandre, de satyriser amèrement l'armée d'invasion:

> Mes amis, mes amis, soyons de notre pays.

Sous la Restauration, il se lança franchement dans l'opposition des partis, et fut puni, emprisonné à plusieurs reprises, sous l'inculpation de mépris du gouvernement ou de la religion.

Fier de la gloire conquise pendant l'empire et des libertés promises par la Révolution et niées par la Restauration, humilié de notre abaissement, partisan des idées napoléoniennes, il consacra plus d'une chanson à célébrer notre gloire et le héros de notre histoire militaire :

> On parlera de sa gloire,
> Sous le chaume bien longtemps ;
> L'humble toit dans cinquante ans
> Ne connaîtra plus d'autre histoire.
> ....
> Parlez-nous de lui grand'mère.

Béranger, comme les premiers *vates*, avait le don de prophétie.

Ses larmes coulent jusque dans son sourire ; il se rappelle les époques de deuil qu'a traversées la patrie, et, d'une ronde d'enfants, il fait une ode Pindarique (*L'orage*) :

> Au bruit de lugubres fanfares,
> Hélas ! vos yeux se sont ouverts,
> C'était le clairon des barbares
> Qui vous annonçait nos revers.
> Dans le fracas des armes,
> Sous nos toits en débris,
> Vous mêlez à nos larmes
> Votre premier souris.
> Chers enfants, chantez, dansez,
> Votre âge
> Echappe à l'orage ;
> Par l'espoir gaîment bercés,
> Dansez, chantez, dansez.

Et nous dansions en ronde, et nous chantions à l'unisson par centaines, sur les grandes pelouses, ces beaux vers, — je m'en souviens.—Aujourd'hui, on chante *le Pied qui r'mue*!...—Béranger avait été l'un des promoteurs de la Révolution de 1830 ; il ne voulut rien en accepter pour son propre intérêt ; ce n'était pas encore ce qu'il désirait. — Mais son désintéressement éclata surtout après la révolution de 1848 ; il refusa de siéger à l'assemblée constituante, où il avait été porté par le suffrage universel.

Il avouait naïvement qu'il n'avait aucune des capacités de l'homme politique, — et il vécut dans l'obscurité jusqu'en 1857, dans sa petite maison de Passy.—Mais, malgré sa modestie, sa gloire n'a fait que grandir; — il a vu près de son lit de mort les plus augustes visiteurs rendre hommage au grand citoyen comme au grand poète. Le triomphe qu'il aurait refusé pendant sa vie, son âme a pu le contempler, radieux, autour du cercueil qui portait ses dépouilles mortelles à leur dernière demeure.

Béranger avait dit un jour:

> Non, mes amis, non je ne veux rien être,
> J'aurai sous l'herbe une fosse à l'écart,
> Du pauvre, moi, j'attends le corbillard.

Et la France reconnaissante lui fit de royales obsèques; le pouvoir, l'armée, la littérature, le peuple, accompagnèrent au champ de repos le chansonnier patriotique qui avait aimé son pays, avait chanté sa gloire et pleuré sur ses malheurs.

Il mourut à l'âge de 77 ans.

16 ALFRED DE MUSSET.

Né à Paris le 11 novembre 1810.

Mort à Paris le 1er mai 1857.

Son père, de Musset-Patay, appartenait à une ancienne famille de l'Orléanais. — Il fut employé au ministère de la guerre comme chef de bureau, et mourut en 1832. Il fut lui-même homme de lettres fécond et estimé. — L'éducation d'Alfred fut remarquablement soignée; il aborda toutes les branches du savoir; son intelligence supérieure les comprit, sans s'attacher à aucune spécialité. — Il était né poète et fut poète. Élève de Victor Hugo, il fut digne du grand maître. Ses productions sont passionnées et marquées au sceau de l'école dont il fut un apôtre remarquable, l'école romantique. — Je me bornerai à une seule citation:

> Ah ! malheur à celui qui laisse la débauche
> Planter le premier clou sous sa mamelle gauche!
> Le cœur d'un homme vierge est un vase profond;
> Lorsque la première eau qu'on y verse est impure,
> La mer y passerait sans laver la souillure,
> Car l'abîme est immense et la tache est au fond.

5

Alfred de Musset n'aurait composé que ces vers qu'il serait immortel..... Quelle vérité nouvelle, hardie, profonde ! On devrait graver cette inscription en lettres d'or sur tous les monuments, à l'entrée de tous les établissements publics, au-dessus de toutes les portes : — Honte à la corruption ! Malheur à qui corrompt ! Anathème sur celui qui plante, avec le vice, la crémaillère dans le cœur vierge qui ne devrait être meublé que des principes de la morale et de la religion ! Honte au matérialisme !

Alfred s'est placé au sommet du Parnasse romantique : imagination de feu, poésie pleine d'images et d'énergie, de souplesse et d'harmonie ; il enchante ceux qui le lisent, en jetant parfois leur esprit dans une mystérieuse épouvante :

> Amour, fléau du monde, exécrable folie,
> Toi qu'un lien si frêle à la volupté lie,
> Si jamais par les yeux d'une femme sans cœur
> Tu peux m'entrer au ventre et m'empoisonner l'âme,
> Je t'en arracherais, quand je devrais mourir !

Son influence sur la poésie de la première moitié du siècle a été immense ; — il a donné l'exemple, hélas ! trop souvent suivi par la médiocrité, de l'oubli de certaines règles poétiques au profit de l'exaltation permise seulement au vrai talent.

Quand un poète comme lui paraît, les grandes idées du siècle, les grandes épopées qui le glorifient, devraient être marquées par la Providence comme but à son génie.

J'aime Victor Hugo qui a chanté le réveil de la Grèce ; Méry et Barthélemy qui ont décrit en vers brillants la conquête d'Égypte, cette idée de Napoléon ; car il reste de ces ouvrages, non-seulement de la célébrité pour leurs auteurs, mais de la gloire pour leur siècle et pour leur patrie.

J'aurais été heureux de voir l'incontestable talent de Musset, sa poésie vigoureuse et imagée, sa versification brillante et facile, produire au profit de l'histoire un de ces ouvrages que le temps conserve et dont le sujet ne pouvait manquer au fils d'une époque de gloire et de transformation héroïque.

Il fut nommé membre de l'Académie française en 1852.

[27] M. Jules Taulier, de Grenoble, littérateur distingué, secrétaire perpétuel de l'Académie delphinale, ancien chef d'institution de plein exercice.

Sa bienveillance exquise excusera une mention que sa modestie m'aurait peut-être refusée. — M. Taulier, comme toutes les imaginations riches et les esprits judicieux, a cultivé la poésie sans préjudice de travaux plus sérieux, et cependant ce qu'il a publié de ses ouvrages en vers prouve tant de goût, tant de sensibilité, que l'on regrette qu'il ne se soit pas livré exclusivement au culte des Muses.

Est-il rien de plus gracieux que ces vers?

> C'est un beau jour, enfant, le jour de ta naissance !
> C'est un de ces grands jours de fête et de bonheur
> Où l'église est bien belle, où l'encens fume au chœur,
> Où l'airain dans les airs à grand bruit se balance,
> Appelant les chrétiens à la maison de Dieu !

Et ce convoi de Chénier:

> Et le peuple muet, en sa morne attitude,
> Le regardait passer et baissait ses regards.....
> Comme au sein d'une solitude
> La charrette roulait le long des boulevards.

Ces deux citations prouvent que le génie descriptif est dans la nature de ce poète, qui, du reste, est peintre.

M. J. Taulier est surtout historien. Son histoire du Dauphiné est remarquable par la simplicité et la grâce du style; il l'adressait à ses anciens élèves, et les recherches sérieuses auxquelles cet ouvrage a donné lieu de la part de son auteur, se devinent sans que nulle part l'affectation ou la pédanterie se fassent sentir. C'est un grand mérite pour un historien. — La *Notice historique sur le baron de Gordes*; un délicieux petit roman intitulé : *Les petits Robinsons de la Grande-Chartreuse*; un *Cours de littérature et de morale*, etc., etc., font le plus grand honneur, non-seulement au mérite littéraire, mais au cœur de l'homme d'élite dont j'ai pu en mainte occasion mettre à l'épreuve les sentiments de justice et de bienveillante confraternité.

Espérons que M. J. Taulier ne s'arrêtera pas en si beau chemin.

Du même auteur :

SIMPLE MORALE

1er Volume : FABLES ET CONTES

2e Volume : UNE BONNE PENSÉE PAR JOUR

Chaque Volume se vend séparément : 2 Fr.

Sous presse :

LES DEUX SOURIS

POÈME ALLÉGORIQUE

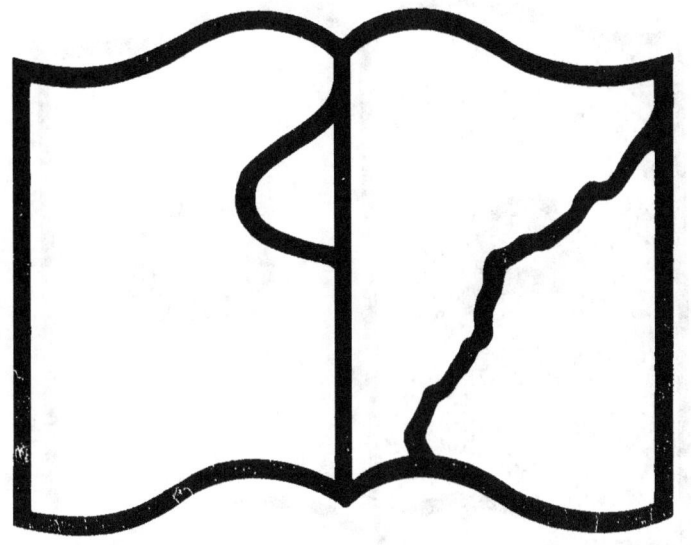

Texte détérioré — reliure défectueuse

NF Z 43-120-11

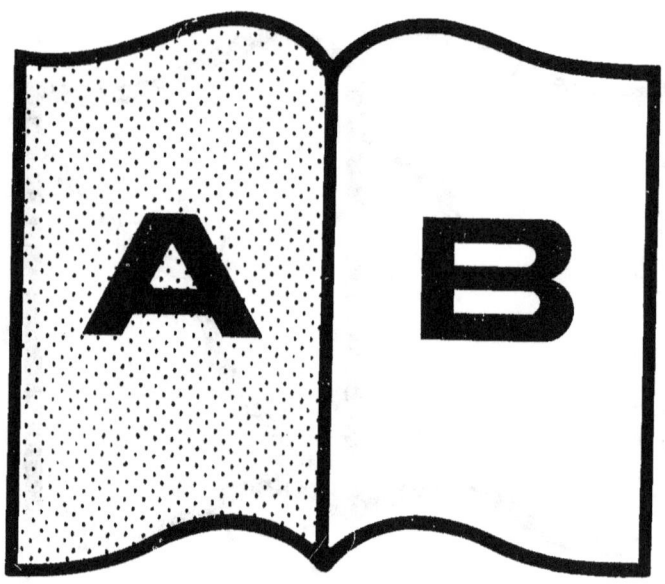

Contraste insuffisant

NF Z 43-120-14